우리는 모두 1학년이었다

우리는 모두 1학년이었다

김성효 에세이

빅피시 BIG FISH

우리는 모두 1학년이었다

초판 1쇄 인쇄 2023년 9월 8일
초판 1쇄 발행 2023년 9월 27일

지은이 김성효
펴낸이 이경희

펴낸곳 빅피시
출판등록 2021년 4월 6일 제2021-000115호
주소 서울시 마포구 월드컵북로 402, KGIT 16층 1601-1호

우리가 잃어버린 교실 이야기

네덜란드 주한대사관 초청으로 강연을 한 적이 있습니다. 그때 총영사님이 이런 이야기를 해주셨습니다.

"선생님, 네덜란드에서는 아이들의 진로를 정할 때, 한국으로 따지면 초등학교 6학년 담임 선생님의 의견이 결정적으로 작용합니다. 대한민국에서 흔히 말하는 직업계로 갈지, 인문계로 갈지 말이에요."

"네에? 정말이요? 학부모가 그걸 받아들이나요?"

총영사님은 제 질문에 한마디 더 덧붙였습니다.

"네덜란드 부모들은 아이를 가장 잘 아는 게 담임 교사라고 생각하니까요. 교사의 의견을 존중하고 따르는 것이지요."

아아, 하고 한참을 고개만 끄덕였습니다. 순간 많은 생각이 머릿속을 스쳐갔지만, 우리하고는 너무 다른 현실이라 고개를 끄덕이는 게 제가 할 수 있는 전부였지요.

지금의 대한민국에서 학교는 벼랑 끝에 위태롭게 서 있는 것 같습니다. 공교육에 대한 신뢰나 교사의 권위가 땅에 떨어졌다는 말은 이제 식상하게 느껴질 정도입니다. 이런 상황에선 교사들도 힘이 들고, 학부모도 불안합니다. 학교가 흔들리면 모두가 함께 흔들릴 수밖에 없기 때문입니다.

저는 눈을 돌려 아이들을 바라봅니다. 학교가 있는 이유, 선생이 있는 이유, 학부모가 있는 이유는 아이들이 있어서입니다. 아이들이 교육의 시작이고, 끝이지요. 아이들이 행복하고 건강하게 자라도록 돕는 것이 학교이고 교육이어야 합니다. 그 과정에서 아이들만큼은 아무 조건 없이 그냥 행복했으면 좋겠습니다. 아이들은 이미 존재만으로도 충분히 귀하고 아름다우니까요.

아이들이 가장 행복한 때라면 언제일까, 곰곰 생각해보았습니다. 1학년 아이들의 해맑은 얼굴이 떠오르더군요. 기억하시나요? 우리도 한때는 어설프고 서툰 1학년이었습니다. 앞니가 빠지고, 달리기도 잘 못 하고, 받아쓰기도 서툴던 그때, 우린 학교에서 꿈을 키웠고, 친구들과 어울려 땅따먹기를 하고 놀았습니다. 지금은 어른이 되어 까맣게 잊었을지 몰라도 우리 모두 알콩달콩한 1학년을 지나왔지요.

우리가 오랫동안 잊고 지내왔던 1학년 교실 이야기, 저 먼 기억 속에 내박쳐두어 먼지가 푸욱 쌓여버린 1학년 어느 봄날의 이야기, 그 시절 툭 하면 까르르 하고 터져 나왔던 웃음들, 그런 이야기를 들려드리고 싶었습니다. 이 책이 독자님들 가슴에 잊고 있던 몽글몽글하고 기분 좋은 추억을 떠올리게 하는 데 도움이 되면 좋겠습니다. 아이들이 행복한 세상은 누구 한 사람의 힘으로 만들 수 없어요. 우리가 함께 만들어가야 해요.

사랑하고 늘 감사합니다.

김성효

PART 1

아이들은 언제나 사랑으로 자란다

PART 2

느려도 괜찮아 실수해도 괜찮아

PART 3

조그맣고 귀여운
햇살 같은 아이들

PART 4

조금 웃어도
많이 행복한
1학년의 세계

PART 1

아이들은 언제나
사랑으로 자란다

이빨 원정대

교실 분위기가 이른 아침부터 심상치 않았습니다. 학교에 일찍 온 아이들이 교실 한가운데 모여서 심각한 표정으로 웅성거리고 있었습니다. 영문을 몰라 무슨 일인지 물었습니다.

"뭐야, 다들 왜 모여 있어? 무슨 일 있니?"

아이들 한가운데에서 채원이가 코를 훌쩍거리면서 눈물을 닦다가 저랑 눈이 딱 마주쳤습니다.

"선생님, 선생님, 큰일 났어요."

아이들 몇은 저를 보자마자 기다렸다는 듯이 소리 질렀습니다.

"뭐? 무슨 일인데?"

눈을 동그랗게 뜨고 물었습니다.

"선생님, 채원이가요!"

말 많고 수다스럽기로 둘째가라면 서러울 지웅이가 소리쳤습니다.

"채원이가 왜?"

채원이 얼굴이 순간 핼쑥해졌습니다.

"이빨 빠졌대요."

"이빨이 빠져? 언제? 지금?"

"야아! 그런 걸 말하면 어떻게 해."

채원이 옆에 서 있던 여자애들이 타박하는 소리를 했습니다.

"좋아. 다들 자리에 앉아 봐."

이빨 때문에 잔뜩 흥분해 있는 아이들을 모두 자리에 앉혔습니다.

"채원이는 무슨 일이 있었는지 선생님한테 설명해볼래? 이빨은 언제 빠진 거야?"

"어, 그게…."

채원이는 우물쭈물하더니, 천천히 말을 꺼냈습니다.

"아침에 학교 오다가 빠져서 이빨을 들고 왔는데요."

"근데?"

"근데 이빨이 없어졌어요. 오늘 이빨 요정한테 줘야 하는데…."

"뭐, 무슨 요정? 이빨은 또 어디 갔는데, 왜 이빨이 없어져?"

14

무슨 말인지 못 알아듣는 선생님을 보고는 채원이 단짝 보미가 서둘러 나섰습니다.

"이빨 요정 책 있잖아요."

며칠 전에 아이들에게 읽어준 책입니다.

"이빨 뺀 날 베개 밑에 이빨을 넣어놔야 이빨 요정이 가져간다고 했잖아요. 그래야 이빨이 새로 나는데, 채원이는 아침에 빠진 이빨이 없어졌대요."

"그래서?"

"선생님, 채원이는 이빨 다시 안 나는 거 아닐까요? 이빨 요정이 이빨 못 가져가잖아요."

보미는 작은 소리로 살짝 덧붙였습니다. 놀리는 소리가 아니었습니다. 나름 진지하고 심각한 말투였습니다. 보미의 말을 듣고는 채원이가 어어엉, 하고 울음을 터뜨렸습니다.

"이빨 안 나면 어떻게 해요."

채원이는 진심으로 이빨이 다시 안 날까 봐 걱정인 모양이었습니다.

"어, 음, 그러니까, 이빨 요정이 이빨 가져가야 이빨이 새로 난다고 누가 그러는데?"

"애들이요."

"애들 누구?"

그 말에 채원이는 주변에 자신을 둘러쌌던 친구들을 가리켰습니다. 그래봐야 맨날 같이 다니는 보미, 수다쟁이 지웅이, 채원이를 몰래 짝사랑하는 서윤이, 함께 떠들던 영선이, 그리고 어깨를 토닥이던 애들 정도인데 말입니다.

"그래서 울고 있었어?"

"네. 어어어어엉. 제 이빨 어떻게 해요."

"선생님, 채원이 이빨 안 나면 어떻게 돼요?"

"그럼 할머니처럼 이빨이 이렇게 쏙 빠져 가지고 이렇게 되는 거지."

서윤이가 해골 바가지 모양을 해가면서 놀려대니, 채원이는 이제 땅이 꺼져라 울어대기 시작했습니다.

"선생님, 이제 채원이 이빨 안 나는 거에요?"

"안 됐다. 불쌍하다. 그치."

이런 건 위로가 아닌데도 아이들은 이런 말을 합니다.

"자자, 조용, 조용. 그러면 이렇게 하자. 채원이는 선생님이랑 같이 교문까지 되짚어가는 거야. 그럼 어딘가에 이빨이 있겠지. 혹시 이빨 찾으러 같이 가고 싶은 사람 있니?"

말이 떨어지기가 무섭게 아이들이 손을 마구 치켜들었습니다.

"저요, 저요!"

"그럼 여기 교실부터 샅샅이 찾아보도록 하자. 너희들은 이빨 찾으면 선생님한테 바로 얘기해줘야 돼."

아이들은 바닥에 엎드려서 찾고, 교과서를 들추면서 찾고, 신발장을 뒤져가면서 이빨을 찾아냈습니다. 다들 이빨을 찾아내는 특별 임무를 받은 원정대라도 된 것 같았습니다.

그렇게 한참을 교실 안팎을 뒤지고 들쑤시고 다닌 끝에 이빨 원정대 어린이 중 하나가 기어이 이빨을 찾아냈습니다.

"찾았다, 찾았어!"

채원이랑 복도에서 이빨을 찾다가 그 소리에 화들짝 놀라 교실로 뛰어 들어갔습니다.

"이빨 찾았어?"

"네, 선생님, 여기요. 이빨이요."

채원이 이빨을 찾아낸 건 아까부터 시끌벅적했던 지웅이었습니다. 지웅이는 이빨을 조심스럽게 제 손바닥으로 건넸습니다. 아이들이 우르르 몰려들어서 그 문제의 이빨을 함께 들여다보았습니다. 옥수수 알갱이만큼 조그맣고 살짝 노르스름한 빛이 도는 진짜 이빨이었습니다.

"채원아, 이 이빨이 네 이빨 맞니?"

채원이는 빤히 보더니, 잠깐 고민하는 눈치였습니다.

"어, 그런 것도 같고, 아닌 것도 같고…."

채원이는 고개를 갸우뚱했지만, 흔한 쓰레기나 지우개밥도 아니고, 어지간해서는 교실에서 보기 드문 이빨이잖아요. 아침에 잃어버렸다는 채원이 이빨이 아니면 누구 이빨이겠습니까. 당연히 채원이 이빨이겠죠.

"잘 봐. 네 거 맞지?"

짐짓 모르는 척하면서 물었습니다.

"선생님, 그러지 말고 이빨에 갖다가 대봐요. 빠진 이빨 자리에 맞나 안 맞나 봐요."

영리한 서윤이가 소리쳤습니다.

"아, 그러면 되겠네."

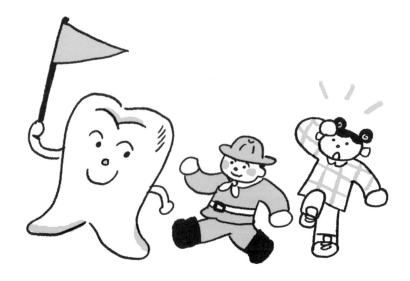

저는 진지하게 이빨을 가져다가 대보는 시늉을 해 보였습니다. 아이들이 어찌나 진지하게 채원이 입을 쳐다보는지, 웃음이 픽 나왔지만 끝까지 진지한 표정을 지어 보였지요. 속으로 웃으면서 이빨을 가져다댔는데, 어쩜 그렇게 쏙 들어가게 맞아떨어지는지, 저도 살짝 놀랄 정도였습니다.

"와, 딱 맞네. 이거 진짜 채원이 거다."

"오오, 다행이다."

"이제 이빨 요정한테 이빨 갖다주면 되겠다. 그치."

이빨 원정대 아이들은 채원이가 이빨을 들고 좋아하는 모습을 보면서 몹시도 뿌듯해했지요.

"선생님도 이빨 빠지면 우리가 찾아줄게요."

"아니야. 선생님은 이빨 안 빠져. 괜찮아."

"너희들도 이빨 잃어버리면 말만 해. 우리 이빨 원정대가 출동해서 찾아줄게."

다들 큰소리쳤지요.

그다음 이빨 원정대는 어떻게 됐냐고요? 안타깝지만, 그다음엔 출동한 일이 없었답니다. 이빨을 잃어버린 아이가 아무도 없었거든요.

옳지, 해주세요

아침부터 장대비가 쏟아졌습니다. 학교 건물 맨 끝동에 있는 후관 건물 입구 앞에 커다란 물웅덩이가 생기기 시작했습니다. 돌로지은 건축물은 한 번 지어놓으면 수백 년도 끄떡없이 버틴다는데, 시멘트로 지은 학교 건물은 왜 이리 자주 비가 새고 금도 많이 가는지 모르겠습니다. 그 건물도 지어진 지 불과 40년 됐다는데 말입니다.

게다가 건물 입구 길이 조금 잠긴 게 아닙니다. 정말로 빗물에푹 잠겼습니다. 짧은 시간에 놀랍게 불어난 물은 아이들 발목을넘어 종아리 언저리까지 참방거릴 정도였습니다. 그 기다랗고 무섭게 넘실거리는 물웅덩이를 지나야만 1학년 교실이 나오는데 말이지요. 유난히 키가 작고 몸집도 왜소한 1학년 아이들은 교실을 어떻게 들어가야 할지 몰라 발을 구르고 있었습니다.

이 모습을 본 나이가 지긋하신 시설 관리 선생님은 혀를 끌끌 찼습니다.

"아이고, 저걸 어째. 애들이 이걸 못 건너는고만요."

"그럼요, 못 건너죠. 1학년들은 이런 모습 처음 봤을 텐데요."

저도 모르게 고개를 마구 끄덕였습니다.

"우리 어릴 땐 막 여기까지 물이 차도 암시랑도 안 혔는디요."

시설 관리 선생님은 자신의 무릎을 가리켰습니다.

돌아보면 정말로 그런 때가 있었습니다. 함박눈이 펑펑 오면 무릎까지 눈이 쌓여서 눈을 헤치고 길을 내야 학교에 갈 수 있었고, 비가 오면 무릎까지 넘실대는 실개천을 건너야 했지요. 지금이야 어디 그런가요. 요즘 아이들은 그런 광경을 볼 일도 없고, 사실 볼 일이 없어야 맞습니다. 아이들만큼은 그저 안전하고 건강하게 학교를 다녀야지요.

이번 폭우로 생겨난 물웅덩이의 길이는 약 5미터 가량입니다. 건물 반대쪽 끄트머리도 빗물이 넘쳐서 돌아서 갈 길도 없었습니다. 어쩔 수 없이 건너야 합니다. 그냥 무서워도 꾹 참고 건널 수밖에요.

아이들을 마중 나온 1학년 선생님이 물웅덩이 건너편에 서고, 교감인 제가 이쪽에 섰습니다. 아이들 손을 잡고 물웅덩이를 건너기 시작했습니다. 양말을 벗기고 우산을 접어주고 아이들 손을 잡아서 하나씩 건네주었죠. 제가 아이와 같이 물속을 몇 발짝 걸으면 저쪽에서 1학년 선생님이 받아서 교실로 데려갔습니다.

그렇게 몇 번이고 물웅덩이를 오갔습니다. 6학년이나 5학년 아이들은 안 잡아줘도 오히려 웃으면서 물을 건너는데, 1학년 아이들은 누가 꼭 잡아줘야만 했습니다. 아이들이 줄을 서서 기다리고 있었습니다. 그 조그만 손을 잡아 저 안전하고 뽀송한 곳으로 건네주기만을 말입니다.

그렇게 꼬박 30분을 물웅덩이에서 아이들을 건네주었습니다. 한참을 건네주었더니, 물속에 잠겨 있던 발이 점점 불더라고요. 간만에 하얗게 불어난 발을 보았답니다.

점심시간이 되었습니다. 밥을 후딱 먹고 얼른 물웅덩이가 더 불어난 후관 앞으로 갔습니다. 이번에도 물웅덩이에 서서 아이들 손을 잡아주었습니다. 밥을 먹으러 가는 아이들이 많아서 한참을 건네주었죠. 이쪽에서 저쪽으로, 다시 저쪽에서 이쪽으로요.

몇 개 학년인가를 손을 잡아주고 기다려주고, 다시 손을 잡아주고 기다려주고를 반복했습니다. 한 학년에 백 명씩이니까, 그날 하루 동안 아마도 수백 명의 손을 잡아준 것 같아요.

제일 귀엽고 사랑스러운 손은 뭐니 뭐니 해도 1학년 아이들의 손입니다. 1학년 아이들도 밥을 먹으러 가느라 다시 이쪽으로 건너왔습니다. 또 손을 잡아서 물웅덩이를 건네주었죠. 그래도 한 번 해봤다고 제법 잘 하더라고요.

"아이고, 잘하네. 옳지, 그렇게 건너가면 돼."

아이들이 지날 때마다 칭찬을 해주면서 머리를 쓰다듬어주었습니다.

밥을 먹으러 갔다가 돌아오는 아이들이 있어서 또 건네주었습니다. 물웅덩이에 서 있느라 발이 한껏 쪼글쪼글해졌지만, 그래도 아이들 손을 잡아서 건네주었습니다. 도움 같은 건 필요 없다는 듯 씩씩하게 건너가는 아이들도 많았어요.

"옳지, 잘하네."

저도 모르게 기특해서 웃어주었습니다.

한참을 아이들을 건네주느라 물웅덩이에 서 있는데, 저만치 앞에서 가던 1학년 아이가 갑자기 되돌아오는 게 아니겠어요? 머리가 곱슬곱슬하고 뺨이 통통했습니다. 저를 보고 웃는데, 그 웃음이 무척이나 싱그러웠습니다. 얼굴에 나 귀여움, 나 씩씩함, 나 사랑스러움, 이라고 써놓은 것처럼요.

"어, 왜 다시 오는 거야? 어디 가니?"

아이 손을 잡아서 건네주려고 했더니, 그 아이가 제 허리를 가만히 붙잡더라고요.

"교감 선생님, 저는 왜 안 해줘요?"

"응? 뭐를?"

아이를 빤히 쳐다보았습니다. 물웅덩이에 서서 둘이 서로를 빤히요.

"저도 그거 해주세요."

"그게 뭔데?"

"이거요, 이거."

아이는 제 손을 잡아다가 자기 머리에 대고 문질렀습니다.

"아아, 이거?"

제가 아이들 머리를 쓰다듬던 바로 그 동작을 말하는 것이었습니다.

"네!"

"하하하. 알겠어. 이렇게 해줄게. 많이, 많이…."

"옳지, 도 해주세요."

"응?"

"옳지요, 옳지."

그러면서 또 저를 보고 웃었습니다.

"아아, 옳지?"

"네. 옳지."

아이는 말하자면 아까 아이들 건네줄 때마다 제가 아이들 머리를 쓰다듬으면서 "옳지, 잘하네" 했던 걸 해달라는 거였습니다.

"아까 교감 선생님이 저는 빼놓고 옳지, 했어요. 저도 옳지, 해주세요."

투정도 아니고, 심술도 아니고, 그냥 말 그대로 저는 빼먹었다고 자기도 해달라고 말하는 거였습니다.

"아, 그래. 그랬구나. 교감 선생님이 빼먹었네. 미안해. 옳지, 옳지, 잘하네, … 이제 됐어?"

물웅덩이에 서서 젖은 치맛자락을 한 손으로 잡고, 또 한 손으로는 아이 머리를 가만가만 쓰다듬어주었습니다.

"네. 됐어요. 저는 이제 혼자 건널 수 있어요."

아이는 그 말을 남기고 정말로 혼자서 씩씩하게 그 긴 물웅덩이를 건너갔답니다. 교무실로 돌아오는 길에 아이의 그 뒷모습이 마음에 선명하게 남았습니다. 그러게, 왜 옳지를 빼먹었을까, 하고 웃었지요.

엄마 냄새

학부모 상담 주간이 되었습니다. 공부 잘하고 똑똑한 민희네 엄마가 제일 먼저 다녀가셨고, 유난히 입이 짧고 편식하는 재혁이 아빠도 다녀가셨습니다. 아직 본격적인 공부를 시작하기 전이지만 받아쓰기를 내일부터 당장 시작해달라는 부탁도 잊지 않으셨지요. 마지막은 유미네였습니다.

유미네는 뜻밖에도 할머니가 오셨습니다. 곱디고운 하얀 양장에 반짝거리는 브로치도 하고 오셨습니다.

"어, 누… 구신가요?"

할머니가 오신다는 말을 한 아이가 아무도 없어서 누군가 했습니다. 제 앞에 공손하게 머리를 숙이신 할머니는 입을 열었습니다.

"유미 할머니예요."

"아, 네, 유미 할머니세요. 유미가 할머니 오실 거라고 말을 안 해서 제가 몰랐습니다. 여기 앉으세요."

벌떡 일어나서 의자를 내어드렸습니다. 유미 사정은 대충은 알고 있었습니다. 아이들 말로는 유미가 엄마, 아빠 없이 외갓집에 산다고 했고, 유미 말로는 엄마 아빠가 멀리 사는데 잠깐만, 정말로 아주 잠깐만, 외갓집에 와 있다고 했지요.

"사실은… 우리 딸이 이혼하면서 유미를 맡겼어요."

며칠만, 자리 잡을 때까지만, 조금만 더, 하면서 엄마는 유미를 데려가는 일을 계속해서 미루고 있었습니다. 유미한테 "엄마, 금방 올게" 하고 가고 나면 그 금방은 몇 달이나 걸리곤 했지요.

하는 수 없이 나이 많은 외할머니가 유미를 도맡아 키워야 했습니다. 외할머니는 유미를 데리고 시골 장에도 가고, 목욕탕에 가서 때를 밀기도 했습니다. 덕분에 반에서 가장 깔끔하게 옷을 입고, 가장 예쁜 신발을 신고, 용돈도 가장 많이 받는 유미였습니다. 아마 아이들이 말을 안 했으면 사정을 전혀 몰랐을 겁니다.

"할머니, 유미가 엄마 연락처라고 적어서 냈는데요. 이 번호는 누구 건가요."

머뭇거리면서 물었습니다. 학부모 상담 말고도 1학년 아이가 한 해를 지내기 위해서는 숱하게 많은 연락이 필요할 테니까요.

"엄마 거네요. 근디 엄마한티는 연락혀도 안 받아요. 내가 연락혀도 안 받는디…."

아, 소리가 저절로 흘러나왔습니다.

"뭔 일 있음 나한티 연락혀요. 엄마 아빠 없는 애 소리 안 듣게 내가 잘 할게요. 긍게, 우리 유미가 부족한 거 있음 언제든 말만 혀 줘요. 나한티 연락하믄 내가 곧바로 올 텡게 나한티 전화혀요."

"네, 무슨 일 있으면 할머니께 전화 드릴게요."

어지간하면 걱정 끼치는 일은 없도록 하자, 마음먹었지만 유미 할머니에게 연락할 일은 얼마 안 가 생겼습니다.

어느 날부턴가 교실에서 물건이 하나둘 없어지기 시작했습니다. 아이들 주려고 서랍에 넣어뒀던 사탕이 봉지째로 없어지고, 아이들 주던 스티커도 통째로 없어졌습니다. 아이들과 노래 부르던 동요집도 사라졌습니다. 매일 교실에서 무언가가 없어지니, 찜찜하기가 이루 말할 수 없었습니다.

그러던 어느 날, 한 아이가 말했습니다.

"선생님, 지난번에 잃어버렸다고 한 거 있잖아요. 스티커 있는 책이요."

"뭐, 선생님 거? 그 스티커 모아져 있는 책?"

"네, 그거요. 그거. 유미네 집에 있어요."

"뭐어? 유미네 집에 있다고?"

"네, 그거 유미가 가져간 거예요. 유미네 집에 선생님 거 동요집
도 있어요. 제가 봤어요. 우리 오빠도 봤고요."

"어머, 진아야. 친구한테 그런 말 하면 안 돼. 그냥 똑같을 수도
있잖아. 선생님 거란 증거는 없으니까 그런 말 하면 안 돼."

정말로 깜짝 놀랐습니다.

'유미네 할머니가 얼마나 지극정성으로 돌보고 있는데, 그럴 리
가….'

놀라서 고개를 마구 저었습니다.

"아닌데요? 선생님은 책에 모두 사인하잖아요. 유미 책에 선생
님 사인 있어요. 그거 선생님 거잖아요."

"…선생님이 확인해볼게. 다른 친구들한테는 말하지 말자. 알겠
지?"

순간 할 말이 없어졌습니다. 제가 책이나 물건에 항상 사인해둔
다는 건 누구보다 우리 반 아이들이 가장 잘 알고 있었습니다. 받
아쓰기에도 《수학 익힘책》에도 항상 같은 사인을 했으니까요. 그
걸 몰라볼 리 없었습니다.

다음 날 반 아이들을 한 명씩 불러서 물었습니다. 일부러 유미가 아닌 다른 아이부터 물어보았습니다. 물론 모든 아이가 아니라고 대답했습니다. 유미 차례였습니다.

"유미야, 혹시 선생님 거 스티커 책 있잖아. 그거 네가 가져갔니?"

유미가 모른다거나 아니라고 하면 어떻게 해야 할지 솔직히 자신이 없었습니다. 그저 사실대로 말해주기만을 바랐습니다.

"네. 제가 가져갔어요."

뜻밖에도 유미는 너무나 순순히 그렇다고 대답했습니다.

"뭐? 정말 네가 가져간 거야? 그럼 동요집도?"

물어본 제가 더 놀랐지요.

"네. 제가 가져갔어요."

"…."

뭐라 말해야 할지 잘 판단이 되지 않아 머뭇거리는 새에 유미가 말했습니다.

"제가 내일 다시 가져다줄게요."

유미 할머니에게 사실을 말해야 했습니다. 전화를 했더니, 할머니는 헐레벌떡 학교에 오셨습니다.

"선생님, 미안혀요. 정말로, 미안혀서 어쩐대요. 요새 야가… 맨

날 지 엄마 기다리느라 밤에 잠도 안 자고 마당에서 서성거린당
게요. 그게 너무 짠혀서, 유미가 어쩌고 다니나, 내가 제대로 신경
을 못 썼네요. 미안혀요. 선생님."

할머니는 미안해서 어쩔 줄을 몰라했습니다.

"저는 괜찮아요. 앞으로 안 하면 되니까, 제가 더 신경 쓸게요."

마음이 이루 말할 수 없이 착잡했습니다. 아이가 물건을 훔친
것보다 엄마가 오기로 한 금요일 밤이면 마당에서 서성거린다는
게 그렇게나 착잡할 수 없더군요.

다음 날 유미는 그동안 가져갔던 사탕이며, 스티커며, 동요집이
며 하는 것들을 고스란히 들고 왔습니다. 사탕 한 개 없어지지 않
고 그대로였습니다.

"유미야, 다른 사람 물건 가져가면 안 돼. 남의 물건을 가져가는
건 나쁜 사람이 하는 짓이야. 앞으로는 그러면 안 돼. 알겠지?"

"네. 안 그럴게요."

"근데 왜 가져갔니?"

사실은 '할머니가 다 사 주잖아, 왜 훔쳤니?'라고 묻고 싶었습
니다.

"선생님 물건은 다 좋아 보여요."

"내 것이 다 좋아 보인다고?"

"네. 선생님한테선 냄새가 나요."

"냄새? 무… 무슨 냄새?"

진짜로 몸에서 무슨 냄새가 나나, 싶어서 깜짝 놀랐습니다. 그 순간, 유미가 제 품에 푹 안기더니, 이렇게 속삭였습니다.

"선생님한테선 엄마 냄새가 나요. 그래서 선생님 건 다 좋아 보여요."

아아, 그 말이 어찌나 짠하고 슬프던지요. 지금도 그때를 생각하면 코끝이 찡해집니다.

"…그…랬구나. 그래서 … 그랬어?"

유미는 대답 대신 고개를 제 품에 파묻고 훌쩍거렸습니다.

그해 유미를 참 많이 안아줬습니다. 코를 닦아주고, 업어주고, 안아주고, 손톱도 깎아줬지요. 아마 유미도 이젠 엄마가 됐을 겁니다. 엄마 냄새 좋아하는 아이들 예쁘게 키우고 있겠지요.

할머니랑 목욕탕 간 일

1학년 김유미

할머니랑 목욕탕에 갔다.

뜨거워서 나는 탕에 들어가고 싶지 않은데,

할머니가 자꾸 들어가야 한다고 했다.

나는 특히 때를 미는 게 싫다.

아프기 때문이다.

하지만 할머니가 때를 밀어야 탕에 들어간다고 했다.

그래서 때를 밀었다.

탕에 들어가니까 뜨거웠다.

뜨거운데 꾹 참고 있었다.

나오니까 시원했다.

유치한 건 싫어

"그래서 이 업무는 김 선생님이 맡고, 이건….."

한참 회의가 심각하게 진행 중인데, 누가 교무실 문을 빼꼼히 열었습니다. 까만 머리 하나가 사람들 사이를 빠르게 눈으로 훑더니, 저를 손짓으로 불러냈습니다.

"어, 무슨 일이야?"

우리 반 재혁이었습니다.

"선생님, 선생님, 빨리 와 봐요."

"왜, 무슨 일 있어?"

"있어요. 애들이 뭐 이상한 짓 해요."

"이상한 짓? 이상한 짓이 뭔데?"

"와 보면 알아요."

재혁이는 제 손목을 끌고 교실까지 냅다 달렸습니다.

"선생님, 선생님, 쟤네 좀 봐요."

재혁이가 교실 문을 열지 않고 창문 틈 사이로 교실 안을 가리켰습니다. 교무실까지 쪼르르 달려왔던 아이가 문은 안 열고 숨어서 소곤거리는 겁니다.

"왜?"

"아, 저기요. 저기. 쟤네들 봐요. 이상한 짓 해요."

재혁이는 교실 한구석에 마련해준 작은 카페트에 옹기종기 모여 앉은 여자아이들을 대뜸 가리켰습니다.

"여자애들이네? 여자애들끼리 모여서 뭐 하는 건데?"

뭔가 굉장히 비밀스러운 회동이라도 하는 것처럼 여자아이들은 수근거렸다가 킥킥거렸다가 하는 중이었습니다.

"선생님, 잘 봐요. 잘."

"그러니까 뭔데?"

"선생님, 쟤네들 지금 소꿉놀이해요."

아아, 소리와 함께 웃음이 픽 나왔습니다.

"소꿉놀이한다고 선생님 부른 거야? 선생님 지금 회의하는 중이었잖아. 다시 가봐야 돼."

"아까부터 여자애들이 모여서 소꿉놀이하고 있어요. 선생님이 얼른 여자애들한테 가 봐요."

재혁이는 제 등을 떠밀었습니다. 거의 등이 밀리다시피 해서 여자아이들에게 다가가보았습니다. 채영이는 분홍색 분필을 빻은 가루를 가져다가 볼에 연지처럼 찍고 호호거리면서 엄마 흉내를 내고 있고, 수빈이는 험험, 소리를 내면서 아빠 흉내를 내고 있었습니다. 목에 기다란 줄도 바짝 리본으로 묶은 걸 보니, 아무래도 그 리본은 나비넥타이인 모양이었습니다. 우리 반에서 가장 덩치가 작고, 키가 작은 유빈이는 아기 역할이었습니다.

"응애, 응애."

우는 소리를 내면서 카페트에서 뒹굴고 있었죠. 나름 실감나고 진지한 소꿉놀이였습니다.

"우왁!"

재혁이는 제 뒤를 몰래 살금살금 따라왔다가 여자아이들을 왁, 하는 소리와 함께 놀래었습니다.

"꺄아아아악!"

여자아이들은 얼마나 소꿉놀이에 깊이 빠졌는지 제가 다가가는 줄도 모르고 있다가 재혁이가 소리치자 까무러치게 놀랐습니다.

"아이, 깜짝이야."

마음 약한 유빈이는 눈물까지 글썽글썽했습니다. 얼마나 놀랐는지 한눈에 봐도 알 수 있었습니다.

"왜들 그렇게 놀래."

"…"

"너네 무슨 죄 지었어? 왜 그래?"

"맞아. 너네 무슨 죄 지었냐. 쯧쯧, 지었네, 지었어."

"너는 조용히 해."

"저거 봐, 저게 뭐 하는 짓이야. 1학년이나 돼가지고."

"쉿, 재혁아, 조용."

재혁이는 계속해서 떠들어댔습니다.

"1학년이 유치하게… 너네 소꿉놀이했지?"

재혁이 말에 여자아이들은 황급히 소꿉놀이 장난감들을 치웠습니다.

"아니야. 소꿉놀이 안 했어."

채영이가 빽 소리쳤습니다.

"했잖아. 선생님이랑 같이 봤는데… 너네 소꿉놀이한 거 이제 다 들켰다. 얼레리꼴레리."

채영이, 유빈이, 수민이 얼굴이 점점 종잇장 구겨지듯 구겨졌습니다.

"우리 안 했다니까."

"했잖아. 소꿉놀이."

"내가 아까 아기 하라고 하니까 네가 안 한다고 한 거잖아. 너 아빠 안 시켜줘서 그러지?"

수민이 말에 이번에는 재혁이 얼굴이 새하얗게 질렸습니다.

"누가 그런 유치한 거 하고 싶대?"

"하고 싶잖아. 그래서 선생님한테 이른 거지, 맞지?"

채영이도 거들었습니다.

"재혁아, 근데 왜 소꿉놀이한다고 말한 거야? 그게 어때서?"

제가 부드럽게 물었더니, 재혁이는 쭈뼛거리면서 이렇게 대답했습니다.

"그건 유치원 애들이나 하는 유치한 거예요."

"어머, 넌 유치하다는 말은 어디에서 들었니? 유치한 게 무슨 뜻인지 알고 하는 소리야?"

"네. 유치원 애들이 하는 짓이 유치한 짓이잖아요."

아아, 하고 웃었습니다.

"아니에요. 선생님, 아까 재혁이한테 아기 하라고 했더니, 자기는 아빠 하고 싶다고 안 한다고 화냈어요. 그래서 그러면 하지 마라, 했더니 선생님한테 가서 이른 거예요."

수민이가 또박또박 설명해주었습니다.

초등학생이지만, 가만 보면 1학년과 유치원 아이들은 종잇장한 장쯤 차이가 날까 싶습니다. 자기들 딴에는 다른 학년 언니, 오빠들처럼 다 컸다는데, 막상 하는 행동이나 노는 걸 보면 아직 정신적으로도 신체적으로도 한참이나 어리지요. 그래도 아이들 나름으로는 이게 자존심과 관련 있는 일이라 이 부분을 건드리면 굉장히 기분 상해하고, 또 속상해하기도 합니다.

"괜찮아. 소꿉놀이하면 어때서 그래. 너희들은 아직 어리니까 유치한 거 해도 돼."

"남자도 소꿉놀이해도 돼요?"

"그럼 해도 되지. 선생님도 같이 해줄까?"

"그럼 선생님은 선생님 해요. 가정 방문 온 선생님이요."

"그럼 재혁이는 뭐 하지?"

"나는… 어, 나는… 그럼 나는 아빠할래."

"그래. 해, 해. 네가 아빠해라."

"와, 고마워. 난 아빠하고 싶었어."

그날 그렇게 회의를 빠지고 아이들과 몰래 소꿉놀이를 했습니다. 참 재밌었지요. 유치하면 어때요. 1학년인데!

주인을 찾아라

제가 초등학교 1학년 때 일입니다. 한 번은 학교에 지우개를 놓고 왔습니다. 집에서 숙제를 하려고 보니, 그제야 지우개를 학교에 두고 왔다는 걸 알게 됐습니다.

"엄마, 나 지우개 놓고 왔어."

저희 엄마는 제 말에 대뜸 이렇게 말씀하셨어요.

"가서 찾아와."

"지금 7시도 넘었는데?"

"그래도 가서 찾아와. 정신이 있어, 없어? 자기 물건 그렇게 잃어버리고 다니는 정신으로 어떻게 공부를 하겠다는 거야?"

집에서 학교까지 가려면 제 걸음으로 1시간이 넘게 걸리는 걸

뻔히 알면서도 가서 찾아오라고 야단하신 겁니다. 그 조그만 지우개 하나를 찾아오라고 말입니다. 울고불고 매달려서야 겨우 학교에 안 가고 대신 밥풀로 글자를 지웠습니다. 그날 엄마한테 안 혼나려고 어떻게든 깨끗하게 지우느라 밥풀에 침을 발라가면서 글자를 지우던 게 생각납니다. 물건이 귀하던 시절이었고, 누구나 어렵게 살던 시기였지요.

그렇게 커서 그런지, 저는 교사가 된 다음 아이들이 자기 물건에 대한 애착이 없다는 부분에 놀라곤 했습니다.

"아니, 이 많은 물건은 다 누구 거야?"

아이들이 가고 난 교실을 정리하다 보면 지우개며 연필이며 색연필이며 사인펜이며 하는 것들이 한 움큼씩 남아 있었습니다. 아이들은 어지간해서는 물건을 다시 찾지 않았고, 주인 없이 남은 물건들은 그냥 쌓여갔습니다. 차곡차곡.

하루는 아이들에게 산더미처럼 쌓여 있는 연필, 지우개, 색연필들 몇 가지를 들어서 보여주었습니다.

"이건 누구 거니?"

"어, 그거 성민이 건가? 성민아, 저거 네 색연필이잖아."

아이들이 일제히 성민이를 쳐다보았습니다.

"어, 아니야. 내 거 아니야. 그거 새나 거일 걸요?"

성민이는 짝꿍 새나를 들먹였습니다.

"아니에요. 제 거는 여기 있어요."

이렇게 새나는 또 새나 것이 아니라고 합니다. 한참 만에 주인을 찾는다고 해도 또 금방 바구니로 돌아옵니다. 돌고 돌아 결국 자주 쓰는 몇 가지 물건 말고는 주인 없는 물건 바구니로 돌아왔지요.

"저는 어렸을 때 지우개 놓고 왔다고 하니까, 엄마가 그 늦은 시간에 학교 가서 찾아오라고 했었어요."

제가 이야기했더니, 다른 선생님들도 입을 모았습니다.

"그치, 그땐 다 그랬지. 난 받아쓰기 공책 잃어버렸다가 아버지한테 몽둥이로 맞았다니까."

이런 허풍도 좀 떨고요.

"지금처럼 어디 연필이나 지우개가 흔했나."

"맞어, 맞어. 그것도 귀했잖아. 돈 없는 집 애들은 남들이 쓰다가 남은 걸로 쓰고 그랬지."

이렇게 다들 추억에 함께 잠기게 됩니다. 같은 시대를 지나온 같은 세대의 사람들이 나누는 라떼는 말이야, 의 시작이지요.

"연필만 없었나. 지우개도 없고, 있다고 해도 생고무 비슷한 거여서 지우다가 종이가 다 찢어졌잖아. 종이도 질 떨어지는 갱지 같은 걸 썼으니까."

"요즘 애들 교과서 좀 봐. 다 코팅된 종이에 올 컬러야. 올 컬러."

"그게 얼마나 고마운 건지 애들이 아나 몰라."

"에이, 모르지. 그걸 애들이 어떻게 아나."

선생님들은 한참을 그 시절이 얼마나 어렵고 구질구질할 정도로 힘들었나 이야기했습니다.

라떼는 라떼고, 교사는 교사이니, 저는 제 할 일을 해야죠. 교실로 돌아와서 한참을 생각했습니다. 아이들이 물건을 찾아가지 않는 이유는 무엇일까, 쌓여가는 물건을 어떻게 처리해야 할까, 아이들이 자기 물건을 소중히 여기도록 하기 위한 특단의 조치가 무엇이 있을까, 등에 대한 고민이었지요.

한참의 고민 끝에 내린 결론은 하나였습니다. 이름 쓰기. 적어도 이름이 쓰여 있다면 그 물건은 언제든 주인을 찾아줄 수 있으니까요.

칠판에 또박또박 "이름 쓰기"라고 네 글자를 적어주었습니다.

"애들아, 우리 물건에 이름을 쓰자."

아이들 눈이 동그래졌습니다.

"저 이름 쓰는데요."

"저도요."

"우리 엄마가 이름 쓰라고 해서 다 썼어요."

아이들은 이미 이름을 썼다면서 필통을 들어서 보여주기도 했습니다. 작은 스티커로 된 아이들 이름표가 여기저기에서 눈에 띄었습니다.

"그건 필통이잖아. 필통에 이름을 쓴다고 해서 나머지 물건에도 이름을 쓴 건 아니지."

아이들이 고개를 갸웃거렸습니다.

"그럼요?"

"필통에 들어 있는 모든 물건에 다 이름을 써야 돼."

"다요?"

"응, 다. 전부 다."

"헤에엑, 진짜요?"

"응. 물건을 자꾸 잃어버리면 계속 사야 되잖아. 새 물건 사지 말고, 지금 쓰는 걸 잘 아껴서 써보자. 이걸로 쓰면 물에도 안 지워져. 이 펜으로 써 봐. 이름 스티커는 떨어질 수도 있잖아."

아이들에게 네임펜을 나눠줬습니다. 연필에도 이름을 쓰고, 지우개에도 쓰고, 사인펜에도 쓰고 가위 날에도 썼습니다. 어떤 아이는 준호가 신발 잃어버렸던 일을 떠올리면서 신발 구석에도 이름을 써 넣었습니다. 제 물건에도 똑같이 이름을 써 넣었습니다.

온갖 물건에 한참을 걸려서 이름을 다 썼습니다.

"선생님, 끝났어요?"

"아니, 이제 시작이야."

"이제 시작이라고요?"

"응. 자기 필통이며 필통 속에 든 물건이며 다 앞으로 가지고 나와 봐."

운동회 할 때 썼던 커다란 바구니를 빌려 와서 교실 앞에 둔 다음이었습니다.

"이 바구니에 탈탈 털어서 다 넣어보자."

"이렇게요?"

행동이 빠른 세민이가 벌써 필통이며, 필통 속에 든 연필과 지우개 등을 털어넣은 다음이었습니다.

"응. 좋다. 또 해 봐. 다음 누가 해볼래?"

아이들 모두 물건을 다 털어서 넣었습니다. 이름 쓰는 데에 한참, 바구니에 털어서 넣는 데에 한참, 이렇게 한참의 시간이 걸린 다음, 다시 말했습니다.

"자, 지금부터는 물건을 찾아서 주인한테 돌려주는 거야."

"다시 나눠주라고요?"

"응."

바구니에 쌓여 있던 물건들을 다시 나눠주었습니다. 몇 번을 들락거리면서 아이들이 써놓은 이름대로 물건을 찾아주었죠. 하지만 그러고도 남은 물건이 있었습니다.

"봐봐. 그러고도 이름을 안 써서 이렇게 남은 연필이 있잖아. 이 연필은 누구 거니? 유니콘 그려진 건데…."

이제 막 깎은 새 연필이었습니다.

"어, 저요, 저요!"

유민이가 눈이 동그래져서 손을 번쩍 들었습니다.

"이거 진짜 유민이 거 맞아? 이리 나와서 네임펜으로 다시 이름 써 넣어. 이름 없는 물건은 다 선생님이 가질 거야."

짐짓 심각한 척하면서 으름장도 놓았죠.

아이들과 몇 번이고 바구니에 물건을 쏟아붓고 찾아주기를 한 다음에야 교실에서 이름 없는 물건들은 모두 사라졌습니다. 다 이름이 쓰여 있는 물건이었으니까요.

아마 지금도 어느 교실에선 이름 없이 버려진 물건들이 잠들어 있을 겁니다. 주인한테 가고 싶어 하는 마음을 품은 채 말입니다.

시력 검사

요즘은 초등학교에 입학하면 1학년 아이들은 모두 건강검진을 받도록 하고 있어요. 학교에서 안내장을 나눠주면 해당 병원에 검진 날짜를 예약하고 부모와 아이가 함께 병원을 방문해서 건강검진을 받지요. 이때 해당 기간에 건강검진을 받지 않은 아이들은 따로 학교에서 검진받으라고 연락을 한답니다. 몇 번이고 독촉해서 어떻게든 건강검진을 받게 해요.

지금은 이런 식이지만, 예전에는 달랐어요. 병원에서 의사 선생님과 간호사 선생님이 직접 학교로 와서 1학년 아이들은 치아 검진도 해주고, 시력 검사도 해주고 그랬지요. 치과 선생님이 입을 들여다보기도 전에 와앙, 하고 울음을 터뜨리는 아이들도 많았답니다.

"선생님 무서워요."

제 손을 잡고 발을 동동거리는 아이들도 있었습니다.

"왜 무서운데?"

작은 소리로 속삭이듯 물어보면

"몰라요. 이빨 막 뺄 거 같아요."

심지어는 두 손으로 입을 막고 안 보여주겠다고 우기다가 끝내 울어버리는 아이도 있었지요.

"아니야. 그렇다고 아무 이빨이나 빼는 건 아니지. 괜찮을 거야."

하지만 정말로 느닷없이 흔들리는 이빨이 숨어 있다고 확, 뽑아버리는 경우도 종종 있었지요.

치과 검진은 그렇다 치고, 시력 검사를 꺼려하는 아이들도 더러 있었습니다.

"선생님, 저 시력 검사 안 하면 안 돼요?"

성훈이가 제 옷깃을 잡아당기면서 말했습니다. 발그레한 뺨이 통통하고 눈은 반짝반짝 빛나는 성훈이는 고집이 제법 센 편이었습니다.

"안 돼. 성훈아, 이건 누구나 다 하는 거야. 그래야 누가 시력이 나쁘고 좋고 하는 걸 알지."

"싫은데… 전 안 하고 싶어요."

"왜 안 하고 싶은데?"

"저… 어, … 아, 아무튼 안 하고 싶어요."

눈물이 핑 돌아서 안 하겠다는 성훈이었습니다. 성훈이가 이렇게 고집을 부리면 꺾을 수 없습니다.

"이건 안 아픈 거야. 무서운 것도 아니고. 괜찮아. 이리 와볼래?"

친절한 간호사 선생님이 제 블라우스 옷깃을 붙들고 안 놓는 성훈이를 데려갔습니다.

"저기 보이지?"

"어, 네…."

성훈이는 눈물이 그렁그렁해서는 대답했습니다.

"그 숫자들 읽으면 되는 거야. 한 번 해볼까?"

"9, … 아니, 6인가?"

성훈이 입에서 더듬거리면서 숫자 몇 개가 흘러나왔습니다. 누가 봐도 아무 숫자나 찍는 것 같았습니다.

"이건?"

"어, 음, 5? 아니, 9인가?"

아, 하는 소리가 성훈이를 지켜보던 제 입에서 저절로 터져 나왔습니다.

"어, 선생님, 잠깐만요."

간호사 선생님에게 귓속말로 이야기해드렸습니다.

"선생님, 아이가 아직 숫자를 잘 몰라요."

사실 성훈이는 아직 숫자를 잘 몰라서 9와 6을 자주 헷갈렸습니다. 3과 5도 헷갈리고요. 다른 아이들이 척척 숫자를 읽어내리는 것과 다르게 성훈이는 아직 숫자를 잘 모르니까 아이들 앞에서 더듬거리는 걸 보여주고 싶지 않았던 것이죠.

"어머, 그렇구나. 그럼 어떻게 하지요?"

간호사 선생님이 속삭였습니다.

"ㄷ나 ㄱ 이런 것만 물어보면 어떨까요. 그건 몸으로 할 수 있는 거니까요. 아니면 비둘기, 자동차 그런 걸로 대신해서요."

"아아, 알겠어요."

간호사 선생님은 참 친절하고 좋은 분이었습니다.

"자, 여기 보고 몸으로 한 번 보여줘 볼까. 어떤 쪽으로 고리가 열려 있니?"

그제야 성훈이 얼굴이 환해졌습니다. 자신 있는 목소리가 터져 나왔지요.

"여기요."

두 팔을 쭉 뻗어서 왼쪽으로 둥글게 만들어 보였습니다.

"옳지, 잘하네. 그럼 이건?"

간호사 선생님이 가리키면 성훈이는 온몸으로 고리를 만들어서 보였지요.

"이건?"

"새. 아니, 아니, 비둘기."

"이건?"

"자동차요."

다른 아이들보다 오래 걸리긴 했지만 성훈이는 당당하게 1.0, 1.2의 건강한 결과를 보여주었습니다.

그런가 하면 또 다른 이유로 시력 검사를 싫어하는 아이도 있었습니다.

"선생님, 저 저거 안 하면 안 돼요?"

유민이는 성훈이 다음다음 차례였습니다. 머리에 꽂은 리본 핀이 제 귓가를 간지럽히듯 내려와 있었습니다. 유민이는 입을 오므리면서 제 귀에 소곤거렸습니다.

"저 저거 안 하고 싶어요."

반에서 예쁘다는 소리를 가장 자주 듣는 유민이었습니다.

"시력 검사? 안 돼. 해야 돼. 성훈이도 방금 했잖아."

"저는 안 할래요. 나중에 할게요."

그 사이에 성훈이 다음 차례였던 수민이가 끝나고, 드디어 유민이 차례가 됐습니다.

"유민아, 시력 검사는 누구나 다 하는 거야. 얼른 하고 끝내자."

유민이는 숫자도 잘 아는데 뭐가 걱정인가 싶었습니다.

"이거 무슨 숫자니?"

"4."

맨 위 숫자는 가볍게 통과.

"이건?"

"어, 음, … 3?"

유민이가 얼굴을 찡그리면서 말했습니다. 자신 없는 투로 말끝을 흐리자 시력 검사를 끝내고 자리에 앉은 아이들이 웅성거렸습니다.

"뭐야, 저게 안 보여?"

맨 위 숫자 다음 숫자가 안 보인다면 시력이 나쁘다는 뜻입니다. 저도 고개를 갸우뚱하면서 유민이를 쳐다보았습니다.

"이건?"

간호사 선생님의 지시봉은 점점 위로 올라갔습니다.

"… 5? 아니, 3인가?"

"이건? 안 보이면 안 보인다고 해도 돼."

"…안 보여요."

풀 죽은 소리가 유민이 입에서 흘러나왔습니다.

"이건?"

"안 보여요…."

"이것도?"

"네. 안 보여요."

유민이 시력은 0.3, 0.1이었습니다. 시력이 나쁜데도 여태 안경을 안 쓰고 지냈으니 얼마나 답답했을까요.

"우리 친구는 안과 방문해서 꼭 안경 써야겠다."

간호사 선생님의 말이 스치듯 교실을 맴돌았습니다. 유민이는 그 말에 와아아, 하고 울음을 터뜨렸습니다.

"어머, 왜 울어, 유민아."

유민이는 한참을 울었습니다. 아이들이 몰려들어서 달래주고, 괜찮다고 토닥이고, 한참을 어르고 달랜 끝에야 간신히 울음을 멈추었지요.

"선생님, 유민이가 안경 쓰면 못생겨 보인다고 걱정이 태산이에요."

그날 오후, 유민이 엄마에게 전화가 왔습니다.

"네에에? 왜요?"

"전에 애들 중에 누군지 몰라도 만화영화에 나오는 안경 쓴 사람은 못생겼다고 했다더라고요. 그래서 칠판 글씨 잘 안 보여도 말도 안 하고 있었대요."

"아이구… 수업 시간에 어떻게 했지요? 글씨가 잘 안 보였을 텐데요."

"친구들 거 몰래 보면서 했대요."

쯧쯧, 소리가 저절로 나왔습니다. 그러니까 유민이는 안경을 쓰게 되면 못생겨 보일까 봐 지금까지 눈이 나쁜 걸 꼭꼭 숨겨왔던 겁니다.

다음 날 유민이는 안경을 쓰고 왔습니다. 귀엽고 곱상하게 생긴 얼굴에 동그랗고 빨간 테가 있는 안경을 쓰고 온 유민이는 느낌이 또 달랐습니다. 안경을 안 쓴 유민이가 예뻤다면 안경 쓴 유민이는 귀여울까요. 하긴 모든 1학년이 다 귀엽긴 하지만요.

"어머, 유민이 안경 썼구나. 너무 잘 어울린다. 되게 귀엽네. 얘들아, 그치?"

아이들이 기다렸다는 듯 유민이를 보고는 다정한 말들을 마구 해주었습니다. 이럴 때 보면 1학년처럼 리액션이 좋은 아이들도 없습니다. 선생님이 한마디 하면 아이들이 열 마디를 거들지요.

"유민이 안경 잘 어울린다."

"유민아, 나도 안경 쓰고 싶다."

"나도, 나도."

"유민아, 네 안경 나도 써봐도 돼?"

심지어는 그렇게 걱정하던 안경을 아이들이 너도나도 써보겠다고 나섰지요. 유민이는 아무나 써보면 안 되고 자기가 정해준 사람만 한 번씩 안경을 써보게 해주겠다고 으스대기까지 했답니다. 이쯤 되면 유민이가 했던 걱정은 안드로메다로 날아가버렸겠지요.

새린이가 했다요

"선생님, 선생님!"

새린이가 달려왔습니다.

"선생님, 새린이가 제일 빨리 했다요."

한껏 자랑스러운 표정으로 새린이가 '우리 가족' 그림을 내밀었습니다. 수업 시간에 우리 가족을 그려보라고 했더니, 새린이가 가장 먼저 그림을 완성했던 것이지요. 그림 잘 그리고 색칠 잘하는 새린이답게 멋진 그림이었습니다. 게다가 손도 빨라서 친구들 가운데 가장 먼저 끝냈으니 뿌듯할 수밖에요.

며칠 전에 옷에 오줌을 싸는 엄청난 사건으로 모두를 놀라게 했지만, 그래도 여전히 그림 하나는 반에서 최고인 새린이었습니다.

"새린이 색칠 완전 잘했다요."

저와 그림을 번갈아 가면서 들여다보는 새린이 얼굴엔 뿌듯함이 가득했습니다.

"어, 어… 꼼꼼하게 잘 색칠했네."

살짝 떨떠름한 표정으로 새린이의 그림을 받아들었습니다.

"선생님, 새린이 그림 멋지다요."

이어지는 새린이의 말에 저도 모르게 얼굴이 살짝 찌푸려졌습니다. '나는'이나 '제가' 같은 1인칭 표현이 아니라 자신을 3인칭처럼 '새린이'라고 표현하는 말이나 '-다요' 체가 어색하게 느껴졌기 때문이죠.

인터넷에서는 흔히들 이렇게 '-다요'로 문장을 끝맺는 걸 '애기체'라고 부릅니다. 아기들이나 쓰는 말투라는 뜻이에요. 서너 살 먹은 아이들이 쓰는 말투를 쓰는 아이를 가끔 1학년 교실에서 만날 수도 있는데요. 이건 아이가 딱 그만큼 퇴행했기 때문입니다.

새린이는 1학년에 입학하고 나서 남동생을 보았습니다. 여덟 살 차이 나는 동생은 매일 손발을 꼼지락거리면서 누워 있기만 한다더라고요. 동생이랑 같이 있어 봐야 재미도 없고 엄마는 매일 기저귀 갖고 와라, 분유 타라, 동생 때문에 심부름만 시킨다고요. 아직 새린이도 한참이나 어린데, 느닷없이 다 큰 맏이가 돼버린 셈이었지요.

아이에겐 동생이 태어나는 게 그다지 즐겁지 않을 수 있어요. 동생이 나랑 같이 노는 좋은 친구가 되려면 한참의 시간이 걸리거든요. 언제나 내 편이던 엄마가 아기만 안고 있는 모습을 아이가 이해하기까지는 또 한참의 시간이 걸리기도 하고요.

새린이는 집에서 맏이 노릇을 하느라 잘 드러나지 않던 숨겨진 스트레스가 학교에서 유치원생처럼 말하고 행동하는 식으로 나타났던 겁니다. 며칠 전 옷에 실례를 한 것도 그런 까닭이었고요.

잠깐 생각에 빠진 새에 언제 다가왔는지 모르게 재민이도 그림을 건넸습니다. 덩치가 새린이보다 한참은 큰 재민이었습니다.

"선생님, 재민이도 다 했다요."

새린이는 그나마 반에서 가장 조그맣고 귀여운 아이지만, 재민이는 키가 반에서 가장 큰 아이였습니다. 덩치도 어지간한 아이들보다 훌쩍 커 보였고요. 그런 재민이가 새린이처럼 '-다요' 하는 건 역시나 귀에 한 번 필터처럼 걸러져서 들려왔습니다.

"저도 했다요!"

"저도요. 저도 그림 다 칠했다요!"

놀라운 것은 언제부턴가 그렇지 않았던 다른 아이들조차 새린이 말투처럼 '했어요' '했습니다' 대신 '-다요'를 쓰기 시작했다는 것이었습니다.

더는 두고 볼 수 없겠다 싶어서 하루는 작정하고 말을 꺼냈습니다. 새린이를 지칭해서 말하면 안 될 것 같아서, 몇 바퀴 빙빙 돌려서 말했지요.

"선생님이 전에 가르쳤던 언니, 오빠들 중에 1학년도 있었다고 했지?"

"네. 말도 엄청 잘 듣고 착했다고 했어요."

전 아이들에게 늘 이런 식으로 말하곤 했습니다. 전에 만났던 1학년은 참 착하고 예의 바른 어린이들이었다, 선생님은 그 아이들을 <u>트으으</u>윽별히 사랑했다, 올해 새로 만난 우리 반은 그보다 더 잘해줄 거라고 굳게 믿는다, 이렇게요.

"근데 그 어린이들 중에 세상에, 이렇게 말하는 어린이가 있었어."

아이들의 귀가 쫑긋 서는 게 눈에 보였습니다. 1학년 어린이들하고 이야기할 땐 콕 찍어서 말하고, 탁 찍어서 대답해주는 게 좋습니다. 특히 이런 이야기를 할 때는 눈을 동그랗게 뜨고 목소리를 살짝 올려주는 약간의 추임새가 무척이나 중요하답니다.

"어떻게요?"

"선생님, 저 뭐뭐 했다요, 처럼 말이야. 그렇게 말하면 안 되고, 뭐뭐 했습니다, 처럼 말해야 돼. 특히 자기 이름을 대면서 재민이가 그랬어요, 새린이가 그랬어요, 처럼 말하는 거 말고 제가, 저는, 이런 식으로 말하는 거야. 알겠지?"

말하면서 새린이 눈치를 살폈는데, 정작 새린이는 아무렇지 않은 표정으로 저를 보면서 고개를 마구 끄덕였습니다.

"우리 반에는 그런 어린이가 없겠지요?"

아이들 모두 당연하지 않냐는 듯 고개를 끄덕였습니다.

"네. 선생님 우린 안 그런다요."

어디선가 들려온 '-다요' 소리에 한숨이 저절로 나왔습니다.

"방금 말한 '안 그런다요' 대신에 다르게 대답해야 한다니까, 얘들아."

그 말에 재민이가 이렇게 대답하더군요.

"네. 선생님. 알겠습니다. 이렇게 하면 된다요?"

"아, 하하… 하하하….'

어색하게 웃고 말았지요. 결국 이 일은 새린이 엄마와 이야기를 나누는 것으로 시작해서 전체 학부모에게 통신문을 보내서 협조를 구하는 것으로 마무리가 됐습니다.

갓난아기를 안고 학교에 온 새린이 엄마는 새린이 이야기를 듣다가 펑펑 우셨습니다.

"둘째가 너무 어려서 새린이한테 항상 심부름도 시키고 그랬는데, 새린이가 학교에서 그렇게 행동하는 줄은 상상도 못 했네요."

"새린이랑 엄마랑 둘이서만 데이트도 하시고, 새린이한테 책도 읽어주고 그러세요. 그럼 언제 그랬냐 싶게 좋아질 거예요."

덕분에 새린이는 엄마랑 둘이 데이트하는 시간을 갖게 됐지요. 엄마가 동생이 태어나기 전으로 돌아왔다면서 새린이가 무척이나 좋아했어요. 그런 일이 몇 번 있고 나선 언제 그랬냐 싶게 새린이 입에서 '애기체'가 튀어나오는 일이 없어졌습니다. 오히려 "선생님, 재민이 《수학 익힘책》 다 했다요"라고 외치는 재민이에게 눈을 흘기면서 이렇게 잔소리를 했지요.

"선생님이 그런 말 쓰는 거 아니랬잖아. 그런 말은 애기들이나 쓰는 거야."

사람은 어른이 되어서도 관심과 사랑이 필요합니다. 나무를 키우면서 적절한 때에 물을 주고, 햇볕도 쬐게 해주고, 죽은 잎도 떼어주는 것처럼 말이에요. 하물며 1학년은 더 말할 것이 없겠지요. 사랑이 고픈 아이들에겐 사랑을 주어야 하는 것이지요. 아이들은 언제나 사랑으로 자라니까요.

위대한 수박

여름이라 날이 한창 더워졌습니다. 아무리 시원하게 선풍기를 틀고, 에어컨을 힘껏 돌려도 아무래도 아이들이 많이 모여 있는 교실은 더울 수밖에 없습니다. 무더운 여름을 온몸으로 견뎌내야 하는 1학년 아이들 나름의 불만이 터져나왔습니다.

"선생님, 너무 더워요. 집에 가고 싶어요."

헥헥거리는 아이에게는 "선생님도 더워. 우리 같이 참아보자"라고 말해주고, "선생님, 너무 더워서 아무것도 못 하겠어요"라며 교실 바닥에 드러누워서 안 일어나는 아이에게는 "안 돼애애애. 그래도 일어나서 수업해야지" 하며 땀으로 끈적한 손을 끌어다 의자에 앉혔습니다.

"선생님, 방학 언제 해요?"

백 서른두 번째 묻는 아이에게는 백 서른두 번째 똑같은 대답을 해주었지요.

"아직 머어어얼었어."

"많이요?"

"응. 많이. 이따만큼 많이."

팔로 원을 크게 그려 보이기까지 했습니다.

"선생님, 더우니까 우리 계곡으로 놀러 가요."

불가능한 일을 조르는 아이에겐 "선생님도 가고 싶다. 우리 시원한 계곡에 발을 담그고 있는 상상을 해보는 거야. 어때?"라고 말해주었죠.

물론 교사도 사람이니, 당연히 덥습니다. 게다가 방학이 가까워 올 즈음에는 한 학기 동안 누적된 피로가 쌓일 대로 쌓여 있지요.

"선생님, 우리 아이스크림 사 주세요."

"아이스크림?"

아이들이 하도 졸라대서 전에도 몇 번 아이스크림을 사 줬습니다. 하지만 그건 효과가 너무 짧았습니다. 아이스크림 하나를 먹는 새에 벌써 아이들 마음이 바뀌거든요.

"아, 더워."

덥다는 소리가 그새 또 터져 나오기 시작합니다.

"아, 맛있다. 아이스크림 또 먹고 싶다."

저를 빤히 쳐다보는 아이들의 간절한 마음을 모른 척할 수도 없고, 그렇다고 매번 아이스크림을 사 줄 수도 없는 노릇이었죠.

"그러지 말고 우리가 만들어 먹자."

누가 내놓은 의견인지 몰라도 기가 막힌 생각이었습니다. 다들 솔깃해서 뭘 만들어 먹으면 좋을까, 생각하는 사이에 아이들끼리 다양한 이야기가 오가기 시작했습니다.

"뭐를 만들어 먹어?"

"우리가 아이스크림 만들어 먹자."

"우리 교실에 냉장고도 없는데 아이스크림을 어떻게 만들어?"

그때 문득 머릿속에 떠오른 게 화채였습니다.

"아, 그러면 우리 화채 만들어 먹자."

아이들이 고개를 갸웃거렸습니다.

"화채가 뭐예요?"

"수박을 조그맣게 자른 다음에 사이다, 얼음, 과일 통조림 이런 거 막 섞어서 만드는 건데, 본 적 없니?"

컴퓨터 화면에 수박 화채를 띄워서 보여주었습니다. 이마를 찌푸리면서 없다고 말하는 아이가 있는가 하면, "아, 있어요. 저요, 저요" "맞아요. 이거 맛있어요" 하고 말하는 아이도 있었지요.

다음 날 아이들은 저마다 하나씩 화채에 들어갈 음식들을 들고

왔습니다. 커다란 수박 한 덩이를 어떻게 들고 왔는지 아무튼 복
도에서부터 낑낑 소리를 내면서 떠메고 온 아이, 1.5리터 사이다
를 들고 온 아이, 과일 통조림을 사 오랬더니 엉뚱하게 참치 통조
림을 사 온 아이도 있었지요.

"선생님이 수박을 자를게. 이 수박 속을 파내고 여기에 사이다
랑 얼음을 띄우는 거지. 어때?"

"우와, 그럼 수박이 그릇이 되는 거예요?"

"그렇지. 수박을 큰 그릇으로 쓰는 거야."

"수박 속은 누가 먹어요?"

"누가 먹긴 이거 다 여기에 다시 넣는 거야."

아이들이 저마다 숟가락을 들고 수박을 파냈습니다. 파내다가
먹고, 먹다가 파내고 하느라 얼마 남지도 않았지만, 그래도 모양
만큼은 그럴싸한 진짜 수박 그릇이 되었지요.

"이제 선생님이 사이다 부을게."

사이다까지 부었더니, 완벽한 화채의 모습을 갖추었습니다.

"오오, 너무 맛있겠다."

과일 통조림도 탈탈 털어서 넣고, 젤리도 몇 개 넣고, 교무실 냉
장고에서 털어온 얼음까지 부었습니다.

"지금 먹어도 돼요?"

"언제 먹어요?"

아이들이 제법 화채다운 모습을 갖춘 걸 보고는 좋아서 소리를 질러댔습니다.

"이제 먹어볼까?"

소리에 아이들이 좋아서 숟가락을 마구 집어넣었습니다.

"우와, 진짜 맛있어."

"와, 시원해."

"선생님, 꿀맛이에요."

"아니야. 꿀맛이 아니라 이건 수박 맛이잖아."

"아, 그렇지. 수박 맛이에요."

아이들은 웃으면서 한 숟갈 퍼 먹고 나면 맛있다, 또 한 숟갈 퍼 먹고 나면 꿀맛이다, 소리를 연신 해댔지요.

"선생님, 수박은 참 위대한 과일이에요."

재우가 먹다 말고 툭 던진 말이었습니다.

"뭐?"

며칠 전 수업 시간에 위인에 대해서 배우면서 '위대하다'는 말을 가르쳐주었는데, 그게 생각났나 봅니다.

"수박은 하나인데, 많은 사람을 기쁘게 해주잖아요."

"아아, 그러네. 수박은 진짜 위대한 과일이다. 하하하."

아이들에게서 이런 말을 들으면 어찌나 놀랍고 신기한지

모릅니다. 수박보다 작은 머릿속에 이렇게 기특하고 대견한 생각들이 숨어 있는 게 아이들이니까요. 그해 우리 반 아이들에게 수박은 그냥 수박이 아니라, '위대한 수박'이었답니다.

PART 2

느려도 괜찮아
실수해도 괜찮아

준우의 그림일기

"선생님, 우리 그림일기 안 써요?"

"그림일기?"

준우가 갑자기 그림일기를 쓰자는 말을 꺼냈습니다. 눈을 반짝반짝 빛내는 것이 꼭 그림일기를 써보고 싶다는 것처럼 말입니다.

"그림일기는 왜?"

"우리 엄마가 우리 반은 왜 그림일기 안 쓰냐고 물어봤어요."

"아, 그래…? 그렇구나. 으음, …."

"어, 맞아요. 우리 엄마도 왜 그림일기 안 쓰냐고 했어요."

몇몇 아이들이 비슷한 소리를 꺼냈습니다. 집에서 그림일기를 왜 안 쓰냐고 했다고 말입니다. 사실은 아직 글자 읽기도 서툰 아이들에게 그림일기가 너무 과한 게 아닐까 싶어서 시켜본 적이 없었는데, 가정에서 원한다면 그림일기를 써야 하는 게 아닌가, 하는 생각이 들었지요.

"그럼 우리도 그림일기 한번 써볼까?"

"네에!"

아이들은 한 번도 써본 적 없는 그림일기를 쓰자는 말에 신이 나서 대답했습니다.

"근데 그림일기를 어떻게 써요?"

아직까지 한 번도 써본 적이 없는 만큼 그림일기를 어떻게 쓰는지 아이들도 잘 모르고 있었지요.

칠판에 그림을 그려가면서 설명했습니다.

"여기 이렇게 위 칸에는 그림을 그리고, 나머지 칸에는 그림이랑 어울리는 이야기를 적당히 쓰는 거야. 반대로 글을 먼저 쓰고 위에 그림을 그려줘도 돼. 너희들 하고 싶은대로 하면 돼."

"어떻게요?"

아이들은 그림일기를 쓰라고 나눠준 커다란 종이를 보면서 고개를 갸웃거렸습니다.

"오늘 선생님이랑 그림일기를 쓰기로 했다. 재미있었다. 이런 식으로 쓰는 거야. 알겠지?"

다시 설명했지만, 아이들은 여전히 알쏭달쏭한 눈치였습니다.

"잘 모르겠어?"

"네, 잘 모르겠어요."

"괜찮아. 하는 만큼만 해보자. 집에 가서 해보고 내일 다시 이야기해보자. 억지로 쓰는 것만 아니면 돼."

"네. 알겠어요."

그렇게 해서 그림일기 쓰기가 시작됐습니다. 아이들은 서툴고 어설픈 솜씨로 그림을 그리고 밑에 서너 줄 남짓한 글을 써왔지요. 내용은 대부분 짧고 단순한 것이었습니다.

예를 들면, 이렇게요.

"오늘 나는 할머니랑 참외를 먹었다. 맛있었다. 다음에 또 먹고 싶다."

참외가 맛있어서 또 먹고 싶다는 이야기.

"오늘 나는 엄마가 삼겹살을 구워줬다. 맛있게 먹었다. 엄청 맛있었다. 정말 꿀맛이었다."

먹은 건 삼겹살인데, 엉뚱하게도 맛은 달콤한 꿀맛이었다는 이야기.

"오늘은 학교에서 잡기놀이를 했다. 아이들하고 놀다가 넘어져서 아팠다. 다음에는 조심해서 놀아야겠다."

놀다가 다쳐서 다음엔 조심해야겠다는 이야기 등등.

아이들이 그림일기로 가장 자주 써 오는 건 맛있는 걸 먹었다는 이야기거나 재미있게 놀았다거나 하는 이야기였습니다. 시작은 항상 '오늘 나는'이었고, 끝은 '-하고 싶다'였지요. 아이들이 써 오는 맛있는 거 먹은 이야기, 재미있게 논 이야기를 읽는 게 재미있었습니다. 1학년들의 천진난만한 그림일기 읽는 재미가 쏠쏠했지요.

그중에서도 특히 준우 그림일기는 하나하나가 예술이었습니다. 색칠한 것도 글씨도 다른 아이들보다 훨씬 섬세하고 정성이 들어 있는 게 느껴졌습니다.

"어머, 너무 꼼꼼하게 잘 그렸다. 준우 그림일기 참 잘 썼네."

준우 입꼬리가 슬며시 올라가고, 준우 어깨가 쑤우욱 올라가는 게 제 눈에도 보였지요.

그러던 어느 날이었습니다.

"어, 오늘은 준우 일기 없네?"

매번 가장 꼼꼼하고 열심히 그림일기를 써오던 준우 일기가 안 보였습니다.

"준우 일기 안 썼니?"

"…"

준우 표정이 떨떠름한 것을 보니, 안 쓴 게 틀림없었습니다.

제목: 학교

	오	늘	은		선	생	님
과		친	구	들	과		
노	랐	다	.		참		
재	미	있	었	다			

"왜 안 썼는데?"

"저 이제 일기 안 쓰면 안 돼요?"

준우가 한참 만에야 대답했습니다. 얼굴이 왠지 초췌한 것이, 뭔가 하고 싶은 말이 많은 눈치였습니다.

"왜애? 그림일기 네가 쓰자고 한 거잖아."

놀라서 물었더니, 준우가 이렇게 말을 하는 게 아닙니까.

"선생님, 저 그림일기 쓰는 거 너무 힘들어요."

"어, 그래? 힘들어?"

"네. 저도요. 너무 힘들어요."

준우만큼이나 열심히 그림일기를 써 오던 짝꿍 재민이도 고개를 저었습니다.

"너희들이 그림일기 쓰고 싶댔잖아."

"히이잉. 근데 힘들어요."

다들 힘들다 소리를 한참을 늘어놓길래 물어봤더니, 세상에나, 이런 말을 하는 게 아닌가요.

"저 매일 두 시간씩 써요. 그림일기."

준우가 입을 쭉 내밀고 한 소리였습니다.

"그림일기를 매일 두 시간이나 썼다고?"

아이고, 소리가 저절로 나왔습니다.

"선생님이 잘 썼다고 그러고, 애들도 잘 썼다고 해서…."

준우는 그림일기를 쓰면서 선생님 칭찬도 받고 아이들이 부러워하는 소리를 들으면서 그림도 꼼꼼하게 칠하고, 글도 열심히 썼던 것이죠.

"아아, 준우가 그동안 그림일기 쓰느라 많이 힘들었겠다. 다른 어린이들도 그랬니?"

"네."

"아이쿠, 선생님이 미안해. 선생님은 너희들이 잘 써오니까 잘하는구나, 생각만 했어. 그림일기는 그냥 그림일기니까 그렇게까지 안 해도 돼."

"진짜요?"

아이들이 눈이 동그래져서 물었습니다.

"응."

"앞으로 20분 넘게 일기 쓰면 혼난다."

일부러 심각한 표정으로 말했습니다. 아이들 표정이 신나 보이기도 하고, 얼떨떨해 보이기도 했지요.

"선생님, 그럼 … 대충 색칠해도 돼요?"

"응. 괜찮아. 어쩐지 선생님은 그동안 너무 꼼꼼하게 잘 칠한다 생각했다."

"그러면 글도 조금만 써도 돼요?"

"그럼, 조금만 써도 돼. 매일 안 써도 되니까, 꼭 쓰고 싶을 때만 쓰자."

다음 날부터는 아이들이 써오는 그림일기의 그림이 더욱 서툴러지고, 어설퍼졌습니다. 하지만 적어도 억지로 쓰는 일기는 아니게 되었으니 다행이었지요.

지금도 가끔 아이들이 그림일기에 그려오던 수박 먹는 모습, 윷놀이하던 모습, 생일 케이크 위의 촛불을 끄던 모습 등이 눈에 선합니다. 그렇게나 열심히 쓰던 그림일기들은 다 어디로 갔을까요.

왼손잡이

"지수, 뭐 쓰느라고 그렇게 가리니?"

지수는 오늘도 손으로 가리고 글씨를 썼습니다. 받아쓰기를 불러주다가 말고 멈추어 섰습니다. 굳이 안 가리고 써도 된다고 매번 강조해도 이렇게 손으로 가리고 받아쓰기를 하는 아이들이 있습니다.

"… 아니에요."

지수가 재빨리 고개를 저었습니다.

"아니긴 뭐가 아니야. 너 방금 가리고 썼잖아."

지수 짝꿍 현우의 타박이 이어졌죠. 아이들 말싸움은 보통은 이런 아무것도 아닌, 아주 가벼운 말에서 시작합니다.

"아니라니까. 넌 신경 쓰지 말고 네 거나 해."

지수는 기다렸다는 듯 야무지게 대꾸했습니다.

"나는 다 했거든. 네가 안 했지. 그리고 너 왜 내 거 보냐?"

이번에는 현우의 선공.

"내가 언제 네 거 봤어? 언제, 몇 시, 몇 분, 몇 초에."

지지 않는 지수의 반격.

"내가 다 봤다. 네가 내 거 보고 하는 거. 선생님, 지수가 제 거 다 베껴요."

"저 안 베꼈어요. 저 결백해요."

결백 같은 말을 어디에서 들었는지, 지수의 말에 놀라서 웃었습니다.

"어머, 지수야. 결백이란 말도 알아?"

"저도 알아요. 선생님."

"저도요. 죄가 없을 때 하는 말이에요."

"맞아. 그거 드라마 보면 나온다?"

"나도 봤어."

이러면 다른 아이들 입에서 덩달아 이 소리 저 소리가 터져 나오기 때문에 적당히 마무리해야 합니다.

"알겠어. 알겠어. 자, 그럼 아까 어디까지 했지?"

서둘러 받아쓰기를 마무리했습니다.

지수가 글씨를 안 보이게 가리고 쓰는 데는 그만한 이유가 있었습니다. 지수는 반에서 가장 유명한 악필이었거든요. 지수가 하도 글씨를 못 써서 짝꿍 현우는 유치원 애들 글씨라고 종종 놀렸습니다.

"너는 유치원 애들보다 글씨 못 쓰잖아."

"내가 언제? 몇 분 몇 초에?"

지수의 대답은 항상 똑같았습니다. 몇 시, 몇 분, 몇 초에 했는지 대라는 것. 그러면 아직 시계를 볼 줄 모르는 현우가 대답을 어떻게 해야 할지 몰라 어리둥절해 하는 새에 말다툼이 시작되곤 했습니다.

"지수야, 선생님 하나 궁금한 거 있는데….'

지수를 방과 후에 불렀습니다.

"지수는 혹시 왼손잡이니?"

지수 공책을 들여다보면서 물었습니다.

"어, …어떻게 알았어요?"

"맞아?"

지수가 천천히 고개를 끄덕였습니다.

"아이구, 역시 그랬구나."

지수가 받아쓰기를 할 때마다 글씨를 못 쓰는 이유가 이해가 됐습니다. 왼손잡이인 아이들이 오른손으로 억지로 글씨를 쓰면 그런 식으로 오히려 더 삐뚤빼뚤한 글씨가 나옵니다. 힘이 더 강하게 들어가는 손이 왼손인데, 그걸 억지로 오른손으로 쓰고 있으니 그럴 수밖에요. 오른손잡이가 왼손으로 글씨 쓰는 거랑 비슷한 이치지요.

"선생님한테 왜 진즉 말 안 했어?"

"으으음…."

지수는 몸을 배배 꼬았습니다.

"괜찮아. 왼손잡이가 나쁜 거 아닌데, 왜…."

"우리 엄마가 어디 가서 왼손으로 글씨 쓰지 말랬어요."

"아아, 그래서 그랬어?"

"네. 엄마가 밖에 나가면 무조건 오른손으로 쓰래요."

아이들은 자라면서 자연스럽게 어느 손을 더 주요하게 쓸지 결정한다고 합니다. 대부분 아이들은 오른손이 주요 손이 되지만, 어떤 아이는 왼손이 주요 손이 되지요. 왼손보다 오른손이 주요 손인 아이들이 훨씬 많기 때문에 가정에서 간혹 왼손잡이를 교정하기 위해서 손을 때려가면서 지도하는 경우도 있습니다. 지수네가 그런 식이었지요.

"우리 반에 왼손잡이 있던가?"

"네. 성민이 왼손잡이예요."

성민이는 유독 키가 작고 덩치도 작아서 애기 같은 아이였습니다. 그 손에 연필을 쥐고 글씨를 쓰는 게 오히려 신기할 정도로 조그만 아이였지요.

"성민이가 글씨를 잘 쓰나, 못 쓰나?"

"못 써요. 왼손잡이여서 그래요."

지수 입에선 대뜸 왼손잡이여서 성민이가 글씨를 못 쓴다는 말이 튀어나왔습니다. 아마 이건 지수의 생각이 아니라 엄마의 생각이었겠죠.

"선생님은 생각이 조금 다른데…."

"뭐가 다른데요?"

"성민이는 글씨를 왼손잡이여서 못 쓰는 게 아니야."

"그럼요?"

지수 눈이 동그래졌습니다.

"성민이는 왼손잡이여서 못 쓰는 게 아니라 손이 아직 작고 힘이 안 들어가서 못 쓰는 거야. 지수도 마찬가지야."

"저도요?"

"응. 지수는 왼손으로 쓰면 더 잘 쓸 수 있을 거 같아. 한번 써볼래?"

종이를 지수 앞으로 내밀었습니다. 받아쓰기 문장 하나를 천천히 불러주었습니다. 지수는 왼손으로 또박또박 글씨를 써내려갔습니다.

"거 봐. 잘 쓰네. 오른손으로 쓰는 것보다 훨씬 잘 쓰네."

지수가 낮에 오른손으로 썼던 받아쓰기 문장과 방금 왼손으로 쓴 문장을 나란히 들고 보여주었습니다.

"사람은 각자 자기가 잘 쓰는 손이 있대. 그게 어떤 사람은 오른손이고, 또 어떤 사람은 왼손인 거지."

"선생님은요?"

"난 오른손. 선생님은 왼손으로 하면 잘 못 해. 종이도 못 자르고, 글씨도 잘 못 써."

왼손으로 삐뚤빼뚤하게 글씨를 써 보였습니다. 지수가 오른손으로 쓴 것 같은 글씨였습니다.

"저는 왼손이요. 왼손으로 하면 색종이도 잘 자르고, 글씨도 잘 써요. 그림도요."

지수가 신이 나서 외쳤습니다.

"그래. 그럼 지수는 왼손으로 하면 되겠다. 앞으로는 지수 잘하는 걸로 하자. 어때?"

"엄마한테는 뭐라고 해요?"

"비밀로 하다가 나중에 선생님이 말씀드릴게."

"아, 진짜요? 헤에…."

지수가 좋아서 헤에, 하고 웃었습니다. 혀를 쏙 내밀고 웃는 그

모습이 어찌나 귀엽던지요.

　지수는 당당한 왼손잡이가 되었습니다.

　"지수는 왼손으로 종이도 오린다? 한 번 보여줘 봐."

　지수가 왼손잡이용 가위로 색종이를 오리는 걸 보고 아이들이 혀를 내둘렀습니다.

　"와, 완전 잘해. 나보다 나은데?"

　"그래. 사람마다 왼손잡이, 오른손잡이 각자 다른 거야. 다른 게 나쁜 건 아니야. 그치?"

　"네."

　아이들이 입을 모아 외쳤습니다. 지수의 얼굴이 한결 밝아져 있었지요.

이름 없는 팬티

"내가 속이 터져서 원⋯."

아침부터 교무실이 떠들썩했습니다.

"뭐가요?"

그날따라 출근이 조금 늦었던 터라, 쭈뼛거리면서 물었습니다.

"내가 여기서 그 냄새 나는 걸 직접 보여줄 수도 없고⋯ 암튼 말을 말어, 말을⋯ 누가 그런 짓을 하냔 말이여. 범인을 잡기만 혀 봐. 그냥⋯."

학교 문을 잠그고 시설 관리를 해주시는 방호원 선생님 얼굴이 붉으락푸르락했습니다. 누가 학교 텃밭에서 잘 자라고 있는 토마토라도 따 갔나, 잠깐 고개를 갸우뚱하는 새에 방호원 선생님은 문을 쾅 닫고 나갔습니다.

"선생님, 뭔데요? 무슨 일이에요? 왜 화나셨대요?"

옆 반 선생님에게 고갯짓을 하며 물었습니다.

"그 있잖아. 운동장 구석에 어제 누가 팬티를 벗어놓고 갔나
봐."

선생님이 쉬쉬하면서 해준 이야기란 이름하여, 이름 없는 팬티
사건이었습니다.

"네에? 왜요?"

선생님은 목소리를 낮추더니, 덧붙였습니다.

"똥을 쌌으니까 그렇지."

눈이 동그래져서 되물었습니다.

"헤에에엑? 진짜요?"

방호원 선생님이 아침마다 운동장에 버려진 쓰레기를 줍던 집
게로 똥 묻은 팬티를 집어 드는 게 머릿속에 떠올랐습니다.

"그래. 그것도 우리 학교 학생 같대."

순간 이번에는 운동장 구석에 숨어서 몰래 똥 싼 팬티를 버리
고 가는 조그맣고 민망한 엉덩이가 머릿속에 그려졌습니다.

"우리 학교 학생이라고요? 그걸 어떻게 알아요?"

"어제 학교에 다녀간 외부인이 아무도 없다니까, 누구겠어. 우
리 학교 학생인 거지. 오늘 안에 범인 잡을 거래."

허걱, 그때 왜 제 가슴이 철렁하는 건지, 알 수가 없었습니다. 아마도 범인이 우리 반이면 어쩌나, 벌써부터 걱정을 하고 있었던 건지도 모릅니다.

"하지만 어떻게요? 그… 뭐냐, 똥 묻은 팬티로 범인을 어떻게 찾아요?"

"왜 못 찾아, 남자애 팬티고, 하얀색에 무슨 하늘색 무늬도 있대."

허어어억, 숨을 들이켰습니다. 그렇다면 정말로 범인 찾는 건 시간 문제겠구나, 하는 생각이 스쳤습니다. 교무실에서 나와 교실로 갔습니다. 그 긴 복도를 어떻게 걷는지도 모르게 깊이 생각에 빠졌습니다. 몹시도 빠르게 온갖 생각이 다 스쳐갔습니다. 마치 셜록 홈즈라도 된 것처럼 생각에 생각을 거듭했지요.

다 큰 6학년이나 5학년이 그럴 리는 없고, 평소에 모범적이고 얌전하다 소리를 입이 닳게 듣는 4학년은 아닐 거고, 말 잘 듣고 착하기로 유명한 3학년도 아닐 텐데… 음, 그렇다면 역시나 저학년이겠군. 아무래도 2학년 아닐까? 하지만 2학년은 어제도 선생님이 꽉 잡고 계시던데, 언제 운동장에 나가서 똥을 쌌겠어, 아아, 그렇다면 남는 건 결국….

그렇습니다. 몇 번이고 다시 생각하고 또 생각해도 결론은 똑같

있습니다. 손바닥만 한 팬티, 방과 후에 운동장에서 놀았을 아이들, 옷에 실수를 하고도 자연스럽게 팬티를 벗어놓고 운동장을 빠져나갈 정도의 순수함이라면… 하이아아, 역시 우리 반밖에 없었습니다. 등 뒤로 땀 한 줄기가 주르륵 흘러내렸습니다.

그때부턴 온갖 생각이 밀려들었습니다. 만약 우리 반 아이가 똥을 싸고 팬티를 버리고 간 거면 어떻게 하지, 1학년이니까 불러다가 한마디만 돌려서 물어봐도 금방 들통날 텐데, 싶은 걱정 비슷한 마음이 저 밑바닥부터 밀려오기 시작했습니다.

범인으로 밝혀졌을 때 그 아이는 창피할 텐데, 부모님에겐 또 뭐라고 해야 하나, 별의별 걱정이 다 들었습니다. 범인을 밝히는 게 옳은 것인지, 모른 척하는 게 옳은 것인지, 그렇다고 내가 쌌다고 할 수는 없는 노릇이고, 이걸 어떻게 하지, 고민하다가 교실로 들어섰습니다.

아이들이 모여서 웅성거리다가 저를 보더니, 사사삭 흩어졌습니다. 순간, 직감할 수 있었습니다.

'얘들이 뭔가를 아는구나, 진짜로 큰일났다, 이걸 어쩐다. 똥 싼 아이를 어떻게 보호해주지. 아아, 어떻게 해.'

갈팡질팡하다가 이런 이야기를 어렵게 꺼냈습니다.

"선생님이 어렸을 때 말이야. 너무 급해서 옷에 실례를 한 적이 있어. 사람은 누구나 그럴 수 있어. 뭐, 급하면 옷에 오줌을 쌀 수도 있고, 어, 음, 뭐라고 해야 하나, 그래, 똥을 쌀 수도 있지. 그것도 충분히 있을 수 있는 일이야. 하나도 부끄럽지 않아. 괜찮아. 선생님은 다 이해할 수 있어. 선생님한테 말해주면 내가 옷도 다 빨아서 보내줄게. 알겠지? 걱정 말고 말만 해줘."

아이들 눈이 휘둥그레졌습니다.

"와, 선생님 옷에 오줌 쌌어요?"

"아니야. 똥 쌌대잖아."

아이들이 웅성거렸습니다. 1학년 아이들에겐 콕 찍어서 정확하게 이야기해야지, 대충 뭉뚱그려 이야기하면 안 됩니다. 재빨리 바로잡았습니다.

"아니, 그게 아니라… 어릴 땐 누구나 그럴 수 있다 이런 이야기지. 선생님도 어릴 땐 그랬다는 거고."

"헤에에엑. 냄새."

"냄새라니, 그게 언제 적 일인데…."

"아, 찌린내…."

누군가는 진짜로 손을 내저으면서 냄새를 맡는 시늉을 해 보이기도 했습니다.

"아니야. 아니라니까. 선생님도 옛날에, 진짜 옛날에 그런 일 있었다, 뭐 이런 거잖아."

아이들 말에 잠깐 말렸다가 서둘러 말했습니다.

"아무튼 누구나 실수할 수 있으니까 그런 일 있음 꼭 선생님한 테 제일 먼저 말해야 돼. 선생님은 어떤 일이든 다 이해해주고 용서하고 아무튼 옷도 빨아서 보내주고, 뭐, 그럴 거니까, 알겠지?"

그때 민우가 손을 살며시 들었습니다.

"선생님. 저 할 말 있어요."

앗, 민우는 정말로 모범생인데, 설마 저 모범생 민우가…?

"저… 어, 애들 앞에서 하기 어려운 말이면 밖에 나가서 할까?"

서둘러 민우를 복도로 데리고 나가려 했습니다.

"아니요. 어제 사실은요. 운동장에서…."

민우가 천천히 말을 꺼냈습니다.

"운동장에서, 뭐?"

아이고, 드디어 나올 게 나왔구나, 싶어서 놀랄 대로 놀라 눈이 휘둥그레졌습니다.

"유치원 진원이가 울고 있어서 가보니까 똥을 쌌더라고요."

"뭐어? 그 키 작고, 배짝 마르고, 머리는 곱슬곱슬하고, 전에도 유치원에서 똥을 싼 적 있는 바로 그 진원이?"

어제도 급식실에서 울고 있던 진원이의 얼굴이 선명하게 떠올랐습니다.

"네. 운동장에서 진원이가 똥을 쌌다고 울고 있었어요."

"그래서?"

"그래서 제가 팬티 벗어놓고 가라고 했어요."

"아, 민우 네가 싼 게 아니고?"

"네에? 아니에요. 저 아니에요. 얘들이 다 봤어요."

민우는 주변에 있는 아이들 여럿을 가리켰습니다. 아이들은 고개를 마구 끄덕였습니다.

"민우 아니고, 진원이가 쌌어요. 진원이가 울어서 민우가 그대로 못 걸어가니까, 팬티 벗어놓고 가라고 했어요."

"그럼 그 팬티는 어떻게 했는데?"

"유치원 선생님도 없고, 선생님도 없어서, 그냥 벗어서 거기다 놓고 왔어요."

"아, 진짜?"

하필이면 어제 오후 유치원 선생님과 같이 출장을 간 사이에 그런 일이 벌어졌던 겁니다. 우리 아이들도 똑같이 어린 1학년이니, 그게 똥 싼 유치원 동생에게 해줄 수 있는 아이들 나름의 최선이었던 모양이었습니다.

"그랬구나. 아, 다행이다. 선생님은 너희가 싼 줄 알았잖아."

"왜요?"

"너희들은 1학년이니까."

"말도 안 돼요. 저희가 왜 똥을 싸요."

"아니, 그게 아니라, 우리 학교에 똥을 쌀 수 있는 학년이 누가 있겠어."

"그럼 선생님은 저희를 의심했어요?"

"아니, 의심한 게 아니고, 그럴 수도 있다 생각했다는 거지."

"그게 그거잖아요."

"아니, 그게 아닌데… 아무튼 너희가 아니라니까 다행이다. 하하."

저도 모르게 안도의 웃음이 나왔습니다.

"저희는 안 그래요. 그런 건 유치원 애들이나 하는 거죠."

말은 그래놓고 그 일이 있고 얼마 안 돼서 진짜로 옷에 똥을 싼 아이가 나왔답니다.

"선생님이 그럴 수 있다고 했잖아요."

"맞아. 실수할 수 있다고 했지."

"걱정 마. 나도 옷에 오줌 싼 적 있어."

"나도."

"나도…."

다들 어찌나 당당하던지요. 그 이후로 이름 있는 똥 싼 팬티를 몇 번이나 제 손으로 직접 빨아서 집에 보내야 했지요.

꼬마 선생님

⌒⌒

"선생님, 지금 쉼터에서 딱지치기 해도 돼요?"

수빈이가 물었습니다. 수빈이는 평소에 활달해서 남자아이, 여자아이 할 것 없이 두루 잘 노는 아이였습니다. 수빈이가 아이들을 몰고 나가서 당장이라도 딱지치기를 할 거라는 걸 모르는 아이들은 없었지요. 하지만 쉼터는 우리 교실 반대편 복도의 맨 끝에 있었습니다. 아이들 걸음으로 한참이었습니다. 쉼터까지 갔다 오면 분명 그 짧은 시간은 다 끝나 있을 게 틀림없었습니다.

"쉬는 시간이 얼마 안 남았는데…."

예스도 아니고 노도 아닌 애매한 답을 했습니다.

"안 돼. 쉬는 시간 끝나기 전에 앉아서 수업 준비해야 하잖아?"

이건 승우의 목소리였습니다. 기대에 찬 눈빛으로 저를 바라보던 다른 아이들과 수빈이의 시선이 일제히 승우에게 향했습니다.

"뭐어?"

"안 된다고. 선생님이 나가도 된다고 안 했잖아."

승우는 한술 더 떠 딱 잘라서 말했습니다.

"선생님이 나가지 말라고도 안 했잖아?"

이 예리한 지적은 우리 반에서 가장 똑똑하고 말 잘하는 예은이 입에서 나온 것이었습니다.

"아무튼 안 돼."

손가락까지 까딱까딱 저으면서 말하는 승우를 보고는 아이들 입이 삐죽이 나왔습니다. 그러고는 저를 한 번 쳐다봤다가 수빈이를 한 번 쳐다봤다가 이내 승우에게 시선을 일제히 돌렸습니다.

"네가 뭔데, 되고 안 되고를 정해?"

야무지기로 우리 반 누구도 못 따라오는 채영이가 톡 쏘아붙였습니다.

"뭐긴, 난 오늘 꼬마 선생님이잖아."

"치…."

아이들 입에서 동시에 치 소리가 터져 나왔습니다.

꼬마 선생님은 아이들이 돌아가면서 하루씩 선생님을 도와 우유도 나눠주고, 학습지도 나눠주고, 칠판도 지워주는 당번을 말하는 겁니다. 다른 학년에서야 당번, 이라고 적어주면 그러려니 하고 알아서 척척 하지만, 1학년들은 당번이라는 말이 무엇인지도 잘 모르기 때문에 꼬마 선생님이라고 이름을 그럴싸하게 붙여준 것이죠.

그날은 장난꾸러기 승우가 꼬마 선생님이 된 날이었습니다.

"아무튼 너희들 다 그냥 교실에 있어. 나가지 말고."

앗, 승우가 이런 잔소리까지 해댈 줄은 저도 몰랐습니다.

"선생님, 진짜 안 돼요?"

아이들이 이번에는 저를 쳐다보았습니다.

"으음, 언제 쉼터까지 갔다 오겠어. 시간이 너무 짧긴 하다."

말끝을 흐리니, 아이들이 졸라댔습니다.

"선생님, 그래도 아직 좀 남았으니까 나갔다 와도 되지요?"

이건 아이들 말이었고,

"선생님, 봐주지 마요. 얘네들 나갔다가 오면 금방 종 칠 걸요?"

이건 승우 말이었습니다.

시계를 보니, 승우 말이 맞았습니다. 그 말씨름을 하는 새에 시간은 더 지나서 몇 분 안 남은 상태였습니다.

"그래. 그러지 말고 점심시간에 나가자. 점심은 시간이 넉넉하잖아. 밥 먹고 와서 놀자. 지금은 그냥 수업하고. 승우 말대로"라고 한마디 덧붙였더니, 승우의 어깨가 하늘까지 치솟더군요.

"거봐. 들었지? 선생님이 나가지 말라고 했으니까, 너희들 다 자리에 앉아."

아이들이 잔뜩 불만인 표정이 돼서는 한 소리씩 쏘아댔죠.

"치…."

"쳇…."

"흥…."

여기저기서 불만 섞인 소리가 터져나왔지요.

"치, 내일은 내가 꼬마 선생님이거든?"

"맞아. 나도 다음 다음 날에 꼬마 선생님이거든?"

아이들이 따지는 소리도 했지만, 승우는 아랑곳하지 않고 으스댔습니다.

"맘대로 해라. 오늘은 내가 꼬마 선생님이니까. 선생님, 《수학 익힘책》 나눠줄까요?"

"그래. 나눠주렴. 얘들아, 승우가 《수학 익힘책》 나눠주면 그때 바로 수업 시작한다. 알겠지?"

승우는 아이들 이름을 천천히 불렀습니다. 친한 아이는 웃으면서, 방금 따졌던 아이는 무뚝뚝하게, 평소에 좋아하던 여자아이는 세상 다정하게 말입니다. 저는 그사이에 칠판에 학습 목표를 썼습니다.

"김지수!"

"최아라!"

"문지웅!"

한 명씩 《수학 익힘책》을 들고 돌아가니, 교실 앞에는 승우만 남았습니다.

"승우야, 수업해야 하니까 너도 자리에 가서 앉아."

"네!"

어찌나 깍듯하게 대답도 잘하는지, 속으로 웃음이 자꾸 나왔습니다. 사실 승우는 그 전날만 해도 꼬마 선생님이었던 아라가 가정통신문을 나눠줄 때, 하도 말을 안 듣고 돌아다녀서 잔소리를 단단히 들었습니다.

"승우야, 오늘 꼬마 선생님 해보니까 어땠어?"

방과 후에 승우에게 물었습니다. 그때도 묵묵히 제 옆에서 우유 갑을 정리하고 있던 승우가 고개도 안 들고 대답했습니다.

"힘들었어요."

"얼만큼?"

승우는 고개를 번쩍 치켜들고, 두 팔을 크게 벌려서 원을 만들면서 마구 휘저어댔습니다.

"이따만큼요. 엄청, 엄청, 너무너무너무요."

"하하하하. 그렇게 힘들어요?"

"네."

"뭐가 그렇게 힘들었는데?"

"애들이 말을 잘 안 들어서요. 아까 선생님 교무실 가서 안 계실 때 우유 나눠줬는데요. 차례차례 나와서 가져가라고 해도 말을 안 듣고 막 시끄럽게 하고,《수학 익힘책》도 자기 먼저 안 주고 다른 애 먼저 줬다고 뭐라고 하더라고요. 말을 안 들어요, 말을."

승우는 혀를 쯧쯧 차면서 고개까지 저었습니다.

"너도 어제 아라가 꼬마 선생님일 때 말 안 들었잖아."

"제가요? 저는 말 잘 들었는데…."

"에이, 뭘. 어제 그래서 아라 울었잖아. 기억 안 나?"

승우는 어제 아라가 꼬마 선생님일 때 자기한테 우유를 던져달라고 소리를 쳤습니다. 아라는 우유를 던지면 다친다고 안 된다고했고, 승우는 한사코 던지라고 하니, 나중엔 마음 약한 아라가 눈물을 다 글썽였죠.

"아라는 어제 어떤 마음이었을까? 꼬마 선생님할 때 말이야."

"힘들었을 거 같아요."

"왜애?"

"애들이 말 안 들어서요."

"애들이?"

"으음, 아니요. 제가요. 제가 아라 말 안 들어줘서 속상했을 거 같아요."

1학년 아이들은 이렇게 차분하게 물어보면 자기가 무엇을 잘못했는지, 어떻게 했어야 하는지 또 차분하게 대답해줍니다.

"그래. 승우야, 우리 다음에는 선생님 말도 잘 들어주고 꼬마 선생님 친구들 말도 잘 들어주자. 어때? 약속할 수 있을까?"

승우는 저에게 먼저 새끼손가락을 내밀었습니다. 그러고 보면 교육은 백번 보는 것보다 한 번 해보는 것이 더 효과적인 것 같습니다. 승우가 한 번 꼬마 선생님을 해본 뒤로는 꼬마 선생님들 말을 전보다 한결 잘 들어줬거든요.

나무야, 나무야, 어서 자라라

"나무야, 나무야, 어서 자라라."

받아쓰기 시험을 보는 시간이었습니다. 받아쓰기 문장을 천천히 읽어주었습니다.

"네에?"

"다시 불러주세요."

"다시 불러주세요. 다시, 요."

아이들이 다시 불러달라고 아우성이었습니다.

"자, 다시 불러줄게. 나, 무, 야, 나, 무, 야, 어서, 자라라."

아이들은 열심히 받아 적었습니다. 받아쓰기를 할 때 1학년 아이들은 매우 진지하답니다. 떠들던 아이, 장난치던 아이, 방금까지도 복도에서 뒹굴던 아이도 초집중해서 받아쓰기를 써내려 가지요.

"선생님, 다음 거 불러줘요."

"알았어, 부른다. 나무를, 심어요."

"나… 무…를… 심… 어…요….'

아이들이 입으로 따라 읽으면서 받아쓰기를 열심히 하는데, 갑자기 현승이가 손을 번쩍 들었습니다.

"선생님, 우리도 나무 심어요."

"응? 나무를 심자고?"

불러주기를 멈추고 물었습니다.

"네. 나무를 심어요, 라고 했잖아요."

"아니, 그건 나무를 심어요, 라고 받아쓰기에 나와 있어서 불러준 거지."

"그래도 나무 심는 건 좋은 거잖아요."

"나무 심으면 당연히 좋지. 그늘도 생기고 산소도 많이 나오고, 꽃도 피고, 나무는 누구에게나 다 좋지."

"그러니까 우리도 나무 심어요."

"나무?"

순간, 머릿속에 스쳐가는 생각은 이런 거였습니다.

'앗, 근데 나무를 어디에서 구하지? 나무를 구하면? 그다음엔

나무를 어디 가서 심지?'

아이들은 제 생각을 읽기라도 한 듯 갑자기 한목소리로 외쳤습니다.

"선생님, 우리 나무 심어요."

"우리도 나무 심어요."

"선생님, 나무요."

"나무, 나무, 나무!"

나중엔 함께 나무를 외치기까지 했습니다. 분위기를 보아 하니, 당장이라도 나무를 심으러 갈 기세였습니다. 아이들이 이렇게까지 원한다면 어쩔 수 없습니다. 나무를 심어야죠.

"어, 그럼 나무를 심어볼까?"

"네!"

아이들은 기다렸다는 듯 다 함께 외쳤습니다.

"근데 나무를 어디서 구하지?"

제가 가장 걱정인 건 나무 묘목을 어디에서 구할 것인가, 하는 매우 현실적인 문제였습니다. 물론 아이들은 아무도 그런 걱정은 하지 않고 어디에 심을 것인가 하는 이야기를 신나게 떠들어댔습니다.

"우리 뒷산에 가서 심자."

"아니야. 거긴 묘지가 많아서 안 돼."

"맞아. 공동묘지에 심으면 귀신이 타고 올라온다."

"귀신은 없어."

"아니야. 귀신은 있어. 선생님, 귀신 있지요?"

이렇게 애매할 때 아이들은 꼭 선생님한테 물어봅니다.

"어? 귀신? 글쎄, 어떤 사람은 있다고 하고 어떤 사람은 없다고 하는 거 보니까 있다고 하면 있는 거고, 없다고 하면 없는 거 아닐까?"

나무를 당장 어디에서 구해올 것인지 궁리하느라 대충 대답했더니, 아이들은 귀신이 있냐 없냐, 하는 문제로 이야기가 건너뛰었습니다.

"거 봐. 있다잖아."

"와, 귀신 있으면 진짜 무섭겠다. 우리 학교 과학실에 있을걸?"

"아니야. 없어. 선생님, 귀신 같은 건 없지요?"

"어, 뭐, 그렇기도 하고 아니기도 하지. 아니, 근데 너희들 나무 심자면서, 나무는 어떻게 구해? 누구 집에 나무 있는 사람 있니?"

제 머릿속엔 온통 나무를 어디에서 구해올 것인가 하는 문제로 가득 차버렸습니다.

"아니요."

"없어요."

아이들은 나무 묘목이 없다고 입을 모았습니다. 시골이고 대부분이 농사짓는 집이니 아마도 나무 묘목이 없는 게 맞는 말일 테지요. 이렇게 되면 나무 묘목을 구해오는 건 선생님 몫입니다.

"선생님이 나무를 구해올 테니까, 너희들은 모종삽하고 물뿌리개 가져와야 돼."

퇴근하는 길에 꽃집에 갔습니다.

"나무 묘목이요? 요즘은 안 나와요. 꽃은 많아요."

꽃집 주인은 고개를 저었습니다. 두 번째 꽃집에도 꽃만 있고, 나무는 없었습니다. 세 번째 꽃집에 가서야 어렵게 키 작은 나무 묘목을 하나 구했습니다.

다음 날 아이들을 데리고 학교 뒷산에 올랐습니다.

"이건 도화, 그러니까 쉬운 말로 하면 복숭아나무야."

사실은 저도 복숭아나무를 가까이에선 처음 보는 거였습니다. 복숭아를 먹기만 했지, 산에 가서 복숭아나무를 심게 될 줄이야, 꿈에도 몰랐지요.

"복숭아나무요? 그럼 거기에서 복숭아가 열려요?"

"응. 복숭아가 열리지."

"언제요?"

"몰라. 아직 작은 나무여서 잘 자라야 되니까, 얼른 심고 어서어서 자라라, 우리가 소원을 빌어주자."

아이들이 손바닥만 한 모종삽을 가져왔기 때문에 그걸로 나무 심을 구덩이를 파는 데까지 정말로 한참이 걸렸습니다. 실제로 땅을 판 건 저였지만, 아이들은 옆에서 모종삽으로 흙 파는 시늉만 하면서도 온갖 소동을 일으켰습니다.

모종삽으로 흙을 파다가 흙이 눈에 들어갔다면서 여자아이 몇이 울고불고하는 난리가 조금 있었고, 흙을 판다는 게 모종삽이 발등을 아슬아슬하게 스치고 지나가는 약간의 사고가 또 있었지요. 그래도 아이들은 이런저런 일들 끝에 조그만 병에 담아온 물을 나무에 흘려주고, 물뿌리개로 물을 주고 땅도 다져주었습니다.

"선생님, 이거 우리 반 나무예요?"

처음 나무 심기 아이디어를 낸 현승이 말이었습니다.

"그렇네. 우리 반이 다 같이 심었으니까 이건 우리 반 나무네?"

그러고 보니, 정말 제법 그럴싸한 우리 반 나무가 생긴 것이었습니다.

"와, 우리 반 나무다."

아이들과 함께 손뼉을 치면서 좋아했습니다. 솜씨 좋은 수민이가 만든 색종이 팻말도 나무에 걸어주었지요.

"자, 이제 큰 소리로 외쳐주자. 나무야, 나무야, 어서 자라라."
"나무야, 나무야, 어서 자라라."

우여곡절 끝에 아이들과 나무를 심고 내려오는데 그렇게나 기분이 좋을 수 없었답니다. 이때 처음 나무를 심었던 것으로 시작해서 가르치던 아이들과 해마다 한 그루씩 나무를 심었습니다. 어떤 해는 자두나무, 어떤 해는 앵두나무, 어떤 해는 복숭아나무였지요.

왜 과일나무였냐고요? 과일나무에 주렁주렁 열리는 과일들처럼 우리 반 아이들도 잘 자라서 세상에 보탬이 되는 사람이 되어주길 바라는 마음에서였지요.

급식은 맛있어

아이들이 가장 좋아하는 시간이라면 단연 점심시간입니다. 맛있는 밥 먹지, 밥 먹고 나면 내내 놀 수 있지, 그야말로 아이들에겐 하루 중에 가장 기다려지는 황금시간이지요.

점심을 먹으러 가던 평범한 어느 날 일이었습니다.

"선생님도 어렸을 때 급식 먹었어요?"

급식을 먹으러 가려고 맨 앞에 줄을 서 있던 아이가 저를 빤히 올려다보면서 물었습니다.

"아니, 선생님이 어렸을 땐 학교에서 급식을 안 줬어."

제 대답에 아이들 눈이 동그래졌습니다.

"왜요?"

"왜요라니, 그땐 급식실도 없었고, 당연히 학교에서도 밥을 주지 않았지."

차근차근 설명해도 아이들은 잘 이해가 되지 않는다는 표정이었습니다.

"그럼 선생님은 옛날 사람이에요? 옛날 사람들은 학교에서 급식 안 먹었다고 하던데…."

아무래도 어디 책에서 본 모양입니다. 아이는 서당에서 공부하는 옛날 사람들 모습이라도 떠올린 듯했습니다.

"어? 예… 옛날 사람? 뭐, 그렇지. 너희들 보기엔 선생님은 옛날 사람이지. 허허허."

헛웃음이 나왔습니다.

"안됐다. 학교에서 밥 안 먹으면 어떻게 수업하지?"

대뜸 아이들 입에서 불쌍하다, 안됐다 소리가 터져 나왔습니다. 아이들 머릿속에 배고프고 굶주린 아이들의 모습이 그려지는 모양이었습니다. 불쌍하다는 둥, 안됐다는 둥 가난해서 그랬냐는 둥 질문이 끝이 없었습니다.

"그럼 5교시는 어떻게 했어요?"

밥 안 먹고 5교시를 어떻게 견디냐는 말이겠지요.

"선생님은 학교에 도시락을 싸 갔어."

"네에에에?"

아이들 입에서 또 일제히 터져 나온 소리였습니다.

"도시락을 누가 싸줘요? 선생님이 도시락을 싸는 거예요?"

"아니, 선생님도 그땐 어렸으니까, 선생님네 엄마가 싸주셨지."

"와, 선생님도 엄마가 있어요?"

음, 이건 충분히 1학년 입에서 나올 수 있는 말입니다. 아이들 눈에 선생님은 어른, 그것도 엄청 크고 나이 많은 어른입니다. 그런 어른에게 엄마가 있다는 건 상상이 잘 안 되는 일이지요.

"그럼, 엄마가 있지, 없냐. 선생님이 아무리 나이가 많아도 그렇지, 엄마가 없겠냐. 엄마 없이 어떻게 태어났겠어."

이런 똑똑한 말을 하는 아이도 분명히 교실마다 있답니다. 아이의 말을 곱씹다 보면 왠지 호호 할머니가 된 느낌이지만, 뭐, 그래도 틀린 말은 아니죠.

"그래. 유리 말처럼 선생님네 엄마가 도시락을 싸줬어."

"몇 개요?"

"한 개지."

한 개라는 소리에 아아, 다행이다 같은 소리가 흘러나왔습니다.

"아, 아니다. 고등학교 땐 두 개도 싸 갔어. 그땐 점심에 도시락 하나 먹고, 기다렸다가 저녁에도 도시락을 하나 먹어야 했거든."

도시락을 두 개나 싸 갔다는 말에는 아이들 눈이 또다시 휘둥그레졌습니다.

"우와, 그럼 선생님은 도시락을 두 개씩 먹었어요?"

"한 번에 두 개가 아니라, 점심에 하나, 저녁에 하나. 저녁이 되면 반찬도 밥도 거의 식어서 맛이 없었어."

아침 7시에 들고 나온 도시락이 저녁 6시까지 따뜻할 리 없지요. 그땐 저녁에 도시락 뚜껑을 열면 다 식어버린 반찬과 밥이 들어 있곤 했습니다. 우리 아이들은 상상도 못 할 이야기지만요.

"아무튼 두 개잖아요."

"그렇지, 두 개지."

"와, 우리도 급식 두 번 먹으면 좋겠다."

"넌 맛있는 거 나오면 한 번 더 가서 달라고 하잖아."

이렇게 딴 이야기로 잠깐 샜다가도 다시 주제로 돌아오는 아이들도 있습니다.

"그럼 선생님은 어릴 때 무슨 반찬 좋아했어요?"

매일 함께 밥을 먹으면서도 물어보는 아이들이지요.

"소시지."

어릴 때는 정말로 소시지가 좋았습니다. 고기반찬이 귀하던 시절이라, 마치 고기를 먹는 것 같았지요.

"와아아, 선생님도 소시지 좋아했어요?"

"응. 그랬지. 그땐 소시지가 엄청 귀했어. 그래서 아무 때나 먹는 게 아니라 특별한 날에만 먹었어."

특별한 날이란 말에 아이들은 그게 어떤 날인지 궁금해하는 표정이 됐습니다.

"생일날요?"

"응. 생일날이나 아니면 제사 지내고 그 다음 날이나, 뭐 그런 때?"

"아아, 안됐다."

다시 또 안됐다는 소리가 흘러나왔습니다. 요즘 아이들에게 소시지는 흔하디흔한 음식입니다. 학교에서는 오히려 반찬으로 잘 안 나올 정도로 흔한 음식이죠.

"반찬 걱정 안 해도 되지, 매일 다른 반찬 나오지, 매일 다른 밥 나오지, 매일 다른 국 나오지, 너희들은 얼마나 행복한지 알겠지?"

이건 진심입니다.

"왜 행복한데요?"

"왜는, 너희들은 매일 맛있는 거 먹잖아. 엄마들이 고생해서 아침마다 도시락 안 싸도 되니까 엄마들도 편하고 말이야. 이건 진짜 감사하고 좋은 거지."

아이들 입에서 아아, 소리가 나왔습니다.

"선생님은 도시락 먹을 때 싫은 반찬 나와도 먹기 싫다고 차마

버릴 수가 없었어."

"왜요? 맛없는 건 버려도 되잖아요."

누가 물었습니다.

"선생님은 먹기 싫어도 그냥 먹었어. 엄마가 새벽에 일어나서 싸준 건데 맛없다고 어떻게 버려."

반찬 통에 반찬이 남은 상태로 집에 가져가면 그걸 보는 엄마 얼굴이 어찌나 대놓고 서운한 기색이던지요. 맛이 있든 없든 그냥 꾸역꾸역 먹었지요.

"그럼 콩밥도요?"

"맞아요. 콩밥도 다 먹었다고요?"

아이들에게 콩밥은 매우 끔찍하고 싫은 음식입니다. 물론 저도 어릴 땐 콩밥이 참 끔찍하게 싫었습니다. 하지만 다 커서 어른이 될 때까지 엄마에게 티를 내본 적이 없어서 저희 엄마는 제가 콩밥을 좋아하는 줄 알았다더라고요.

"응. 콩밥도⋯."

웃으면서 아이들 머리를 쓰다듬어줬습니다. 제가 어릴 때 매일 싸 갔던 도시락 반찬은 단무지 3개에 김치 조금, 계란프라이 한 장이 전부였습니다. 그걸 매일 점심에도 먹고 저녁에도 먹었죠. 한 번은 집에서 이 이야기를 했더니, 시골에서 자란 남편이 깜짝 놀라면서 묻더군요.

"당신은 프라이를 매일 먹었어? 난 일주일에 한 번도 못 먹었는데…."

그런 시절을 지나온 우리가 지금의 아이들 입맛을 상상이나 할 수 있을까요. 그저 맛있게 먹어주고 고맙게 여겨주면 그걸로 감사한 것이죠.

"그러니까 너희들도 될 수 있으면 싫어하는 음식도 한 번씩은 먹어보자. 음식 많이 버리지 말고 먹을 만큼만 덜어오고. 알겠지?"

아이들이 입을 모아 네, 하고 소리쳤습니다.

비 오는 날 분홍신

"분홍신을 신은 소녀는 얼굴이 발개지고, 땀이 날 때까지 춤을 추었습니다."

아이들은 바닥에 깔아준 매트에 옹기종기 모여 앉아 있었습니다. 다들 표정이 진지했습니다. 아이들은 책 읽어주는 시간을 어찌나 좋아하는지, 놀다가도 책 읽어준다고 하면 쪼르르 달려와 매트에 앉았습니다. 이번에 읽어준 '분홍신' 이야기는 제법 무서운 모양이었습니다. 아이들은 자기들끼리 다닥다닥 붙어 앉아서 긴장한 표정으로 귀를 쫑긋 세우고 있었지요.

분홍신 이야기는 동화 전집에 실려 있긴 하지만, 잔인하고 잔혹한 부분이 제법 있습니다. 어떤 소녀가 분홍신을 신게 된 다음 춤을 계속해서 추게 되는데, 나중엔 아무리 해도 춤을 멈출 수가 없어서 결국은 발목을 잘라서 춤에서 벗어나게 된다는 게 원작이거든요. 아이들에겐 차마 그렇게 읽어줄 수가 없어서 살짝 각색해서 읽어줬습니다.

"그저 춤을 추고 또 추면서 자기가 누구인지 점점 잊어갔지요. 그렇게 분홍신을 신은 춤추는 소녀는 어디론가 서서히 멀어져갔습니다. 끝."

'끝'이라는 소리에도 아이들은 쉽사리 자리에서 일어나지 않았습니다.

"자자, 이제 집에 가야지. 다들 자리로 돌아가세요."

아이들을 억지로 일으켜 세웠습니다.

"우와, 이번 이야기 되게 무섭다."

"엄마한테 이 책 사 달라고 해야겠다."

아이들은 진짜로 무서워하고 있었습니다. 웃음이 저절로 나왔습니다. 더 무섭게 읽어줄 걸 그랬나, 생각도 했지요. 아이들을 더 무섭게 놀려주려고 제 입에서 순간 엉터리로 지어낸 말 한마디가 흘러나왔습니다.

"얘들아, 너희들 그거 알아? 선생님 말씀 안 듣고 거짓말하는 사람한테는 신발장에 분홍신이 나타난대. 선생님이랑 친구인 선생님도 봤대."

시골 학교에서 근무하던 친구가 신발장에 웬 낯선 신발이 하나 있어서 깜짝 놀랐다는 이야기를 해줬던 게 생각나서 한 말이었습니다.

"헤에에엑, 진짜요?"

아이들 눈이 휘둥그레졌습니다.

"그러니까 선생님 말씀 잘 들어야겠어, 안 들어야겠어?"

"잘 들어야 돼요."

"거짓말하면 되겠어, 안 되겠어?"

"안 돼요."

"말 안 듣고 거짓말하면 분홍신이 나타난단 말이야. 알겠지?"

분홍신이 나타난단 말을 꺼내기가 무섭게 창밖에서 기다렸다는 듯 콰콰콰쾅, 하고 천둥 소리가 요란하게 울려 퍼졌습니다. 이어서 번개까지 번쩍거리자 아이들이 꺄아아악, 소리를 질러댔습니다. 금방이라도 비가 쏟아질 것 같은 어두컴컴한 날씨도 아이들의 공포감에 한 몫을 더했지요.

아이들을 보면서 피식피식 웃음이 나오긴 했지만, 사실 저는 무서운 이야기를 아주아주 싫어합니다. 무서운 이야기를 들은 날은 머릿속에 온갖 상상이 꼬리에 꼬리를 물고 일어나다가 무서운 무언가에 쫓기는 식의 꿈까지 꾸거든요.

그날 오후에는 교무실에서 회의가 있었습니다. 교사들끼리 모여서 이런저런 학교 사업을 이야기하고, 다음 주 학년별로 하는 활동을 발표하는 회의인데, 보통 마치는 데까지 한 시간 남짓 걸리곤 했습니다. 잠깐 새에 딴생각에 빠지기 십상인 길고도 지루한 회의였습니다.

밖에선 쏴아 하고 굵은 빗줄기가 쏟아지기 시작했습니다. 지루하고 재미없는 회의가 길게 이어졌습니다. 창밖으로 무심히 고개를 돌렸다가 희끄무레한 그림자 하나를 보았습니다. 멀리서 하얀 옷을 입은 아이 하나가 우산도 없이 운동장을 가로질러 가고 있었습니다. 정확하게 누구인지는 알아보기 어려운 거리였습니다. 눈살을 찌푸리면서 누군지 확인하려는 새에 아이는 사라지고 없었습니다.

'어, 어디 갔지, 분명히 저기 있었는데, 귀신이 곡할 노릇….'

귀신이라는 말이 떠오르는 순간 가슴이 철렁 내려앉았습니다.

"선생님, 방금 저기 봤어요? 운동장에서 하얀 그림자가 지나갔어요."

눈이 동그래져서는 옆 반 선생님에게 작은 소리로 물었습니다.

"아니, 못 봤는데? 아, 맞다. 우리 학교에 비 오는 날만 되면 귀신 나오잖아. 김 선생, 혹시 귀신 본 거 아니야?"

"네에에?"

선생님 얼굴에 웃음이 스친 것도 같았습니다. 하지만 무서운 이 야기라면 질색하는지라 가슴이 괜히 두근거렸습니다.

길었던 회의가 끝났습니다. 퇴근 시각이 얼마 남지 않았습니다.

"김 선생, 비 많이 오니까 바로 내려와."

장대비가 마구 쏟아지고 있어서 같이 카풀하는 선생님들이 서 둘러 나오라고 몇 번이고 말했습니다.

"우리 학교 거의 백 년 된 거 알지? 이렇게 오래된 학교에서는 비 오는 날 귀신 나와. 복도에서 하얀 옷 보면 귀신인 줄 알아. 흐 흐흐."

그 학교에서 근무를 가장 오래 하신 교무 선생님의 말이었습니다. 아까 옆반 선생님이 했던 것과 똑같은 말이었습니다. 학교에 서 일하는 분들은 아시겠지만, 학교는 불만 꺼져도 무섭습니다. 오 래된 학교는 더 말할 것도 없지요.

교실로 재빨리 돌아왔습니다. 가방을 챙기는데, 복도에서 무슨 소리가 들렸습니다. 아이가 복도를 와다다다 달려가는 듯한 소리 였습니다.

'누가 이 시간에 집에 안 가고 학교에 있는 거지?'

서둘러 복도에 나가보았습니다.

침을 꿀꺽 삼켰습니다. 복도에는 아무도 없었습니다.

'어, 뭐지?'

교실로 돌아와 다시 짐을 챙겼습니다. 가방에 소지품들을 집어넣고, 내일 수업해야 할 과목별로 교사용 지도서를 챙기고 막 교실을 나서려는데, 다시 다다다 달려가는 소리가 들렸습니다.

'또… 발소리?'

살짝 고개를 내밀고 밖을 보니, 복도 끄트머리에서 하얀 그림자가 스으윽 하고 스쳐갔습니다.

'설마 아까 운동장을 가로지르던 하얀 그림자? 저거 진짜 귀…신?'

머리끝이 쭈뼛 섰습니다. 친구가 해주던 이야기가 생각나면서 큰 소리가 저도 모르게 터져 나왔습니다.

"꺄아아아!"

발을 동동 구르면서 소리를 질러댔죠. 그 소리에 아래층에서 집에 가려고 모여 있던 선생님들이 달려왔습니다.

"무슨 일이야?"

다들 어리둥절한 표정으로 저를 빤히 보았습니다.

"저… 저기 복도 끝에 하… 하얀 거요. 아우, 깜짝이야. 여기 진짜 귀신 있는 거 아니에요? 저 방금 뭐 본 거 같아요. 으으, 어떡해."

가슴이 마구 방망이질쳤습니다.

"어디? 뭐, 저기 복도?"

교무 선생님이 복도를 한 바퀴 휘 돌았습니다.

"여기서 뭐 해?"하는 소리가 들리더니, 교무 선생님은 맨 끝 교실에 숨어 있던 아이 하나를 데려왔습니다.

"어, 너는?"

쭈뼛거리면서 따라오는 아이는 바로 우리 반 서현이었습니다.

"서현아, 너 여태 집에 안 갔어?"

서현이는 비를 홀딱 맞고 꾀죄죄한 모습으로 입술을 깨물었습니다.

"집에 갔다 왔는데요…."

"뭐어? 근데 뭐 하러 학교에 다시 왔어?"

"분홍…신 있을까 봐요."

"뭐어어?"

선생님들 모두 어이없어 하면서 픽 웃었습니다.

"…제가 그저께 수학 숙제할 때 답지 보고 베꼈는데요. 선생님이 나쁜 짓 하면 분홍신이 나타난다고 해서… 분홍신이 제 신발장에 나타나면 다른 신발장으로 옮기려고 기다렸어요."

"그럼 아까 운동장 가로질러서 간 것도 너였어?"

서현이가 고개를 천천히 끄덕였습니다.

"…근데 왜 우산도 안 쓰고 왔어?"

"아까 집에 갈 땐 비 안 왔는데, 오는 길에 비가 왔어요. 그리고 운동장 가로질러 오면 금방이라서…."

"아아, 으으음… 그렇게 된 거였구나…."

몇 번을 망설이다가 서현이에게 천천히 말해주었습니다.

"선생님이 아끼는 책 읽어주면서 그냥 한 소리고, 분홍신은 없어. 봐, 신발장에 모르는 신발은 없는데, 없어야 되는데…."

아이들이 모두 집에 갔으니, 실내화만 있어야 할 신발장에 작은 구두가 하나 놓여 있었습니다.

"어, 어… 어? 이거 누구 거지?"

자그마하고 예쁘장하지만 세월의 흔적이 고스란히 느껴지는 구두가 말입니다. 교무 선생님은 잠시 말없이 신발을 보다가 물었습니다.

"이거 주인 없는 거야?"

"네. 처음 봐요."

저는 고개를 절레절레 흔들었습니다. 온몸의 털이 쭈뼛 서고, 머리카락이 한 올 한 올 바짝 치켜 올라가는 느낌이었습니다.

"너도?"

교무 선생님이 서현이를 쳐다보면서 물었습니다.

"네… 우리 반 애들 중에 이런 신발 신는 사람 없는데요."

다들 급작스레 말이 없어졌습니다. 교무 선생님도 한참 동안 말이 없다가 두 손가락으로 신발을 집어 들어서는 어디론가 갔습니다. 교무 선생님이 그 신발을 들고 가서 어떻게 했는지는 모릅니다. 다만 그 일 이후로 가끔 생각하곤 했습니다. 학교가 백 년쯤 되면 정말로 온갖 것이 다 살고 있을지도 모른다고요.

우리 집엔 금거북이 있어요

가을이 찾아왔습니다. 학교 운동장에 나란히 늘어선 키 높은 플라타너스에선 바람이 불 때마다 낙엽이 우수수 떨어졌습니다. 날도 좋겠다, 볕도 좋겠다, 바람도 좋겠다, 이런 날은 역시 독서지, 하고 하루는 아이들에게 책을 읽어주기로 마음먹었습니다.

"어떤 거 읽어줄까."

아이들에게 물었습니다. 책이야 교실에 워낙 많으니 얼마든지 고를 수 있었습니다. 교실에 제가 소장해서 아이들에게 읽히던 학급문고가 750권이나 있었습니다. 언젠가 아이들만 들어올 수 있는 어린이도서관을 만들겠다는 큰 꿈을 품고, 월급 받을 때마다 한 권 두 권 사서 모은 책들이었습니다.

"이거 읽어주세요."

그렇게나 많은 책 가운데에 아이들이 골라온 책은 다름 아닌 《두꺼비의 나이 자랑》이라는 전래동화였습니다.

"이거 재밌어요."

"맞아요. 이 책 재밌어요."

"여기에 두꺼비도 나오고, 쥐도 나온다?"

누가 눈을 동그랗게 뜨고 큰 소리로 이야기했습니다.

"그렇게 다 얘기하면 어떻게 해."

"선생님, 얘는 읽어주지 마세요."

몇몇 아이들이 눈을 흘겼습니다. 하긴 영화든 책이든 미리 이야기하면 재미가 없긴 하죠. 아이들 말은 그때나 지금이나 틀린 게 별로 없습니다.

"내가 맨 앞에 앉을 거야."

"아니에요. 제가 맨 앞에 앉을 거예요."

"선생님, 재미있게 읽어주세요."

서로 타박하는 소리도 하고, 응원도 하면서 아이들은 교실에 깔아둔 작은 매트에 옹기종기 모여 앉았습니다. 아이들 눈이 반짝반짝 빛났습니다. 선생님이 얼른 입을 열어 이야기를 들려주길, 책 내용도 다 알면서 신생님 목소리로 또 듣고 싶어서 안달이 났다는 걸 선생님이 알아주길, 기대하는 눈빛이었죠.

사실 전 아이들에게 책 읽어주는 게 참 어색하고 서툴렀습니다. 무뚝뚝하고 딱딱한 소리로 읽어주는 게 다였는데도, 아이들은 제가 서툴게라도 책을 읽어주는 걸 참 좋아했습니다. 생각해보면 참 별것 아닌 일에도 크게 반응해주고 좋아해주던 아이들이었지요.

"음, 옛날 옛날에…"

뭐, 이야기인즉슨, 동물들 여럿이 모여서 내기를 하게 됐는데, 누가 가장 나이가 많은지 따져보니, 두꺼비가 제일 나이가 많더라, 이런 이야기입니다. 이야기는 짧았지만, 여운이 긴지 아이들이 선뜻 매트에서 일어나지 않았습니다.

고개를 갸웃거리더니, 한 아이가 물었습니다.

"선생님, 두꺼비가 진짜로 그렇게 나이가 많아요? 아니죠?"

당연히 나올 만한 질문이 나왔습니다. 두꺼비는 양서류이고, 길어야 몇 년 안 살겠지만, 그런 이야기는 지금 이 아이들의 빛나는 눈동자에는 어울리지 않는 대답입니다. 자칫 잘못 대답했다가는 아이들 마음에 찬물을 확 끼얹을 수 있습니다.

"어, 뭐, 이야기니까…"

학기 초였다면 이렇게 대답했겠지만, 가을쯤 됐을 땐 나름 요령이 생겼습니다. 이름하여 되묻기 신공, 대답하기 곤란한 엉뚱한 질문에는 곧장 대답하지 말고, 되묻는 방법이었습니다.

"넌 어떻게 생각하는데?"

아이는 안경을 치켜올리면서 대답했습니다.

"제가 집에서 개구리를 키워봤는데요. 개구리는 오래 안 살았어요. 금방 죽었어요."

개구리를 잡아서 집에 가져갔다가 엄마한테 호되게 야단맞고 간신히 어항 비슷한 데서 키우기로 약속을 했다는 둥, 개구리가 파리를 잡아먹는다고 책에서 읽었는데 왜 자기 집 개구리는 파리를 안 먹냐는 둥, 언제 알을 낳냐는 둥, 하던 아이였습니다. 결국 개구리는 얼마 못 살고 죽었는데, 아이는 바로 그 이야기를 하고 있었습니다.

그 말에 한 아이가 정색하면서 말했습니다.

"우리집에 금붕어 있는데, 내가 유치원 때부터 키웠는데, 아직 살아 있어."

"어, 우리집엔 강아지 있어. 강아지 이만하다?"

두 손을 살짝만 벌려서 강아지가 얼마나 작은지 강조하는 아이도 있었습니다.

"와, 되게 귀엽겠다. 우리집엔 장수풍뎅이 있는데…."

"장수풍뎅이 선생님도 보고 싶네."

몇 마디 거들었다가 아이들의 이야기가 갑자기 집에서 키우는 온갖 다양한 동물로 건너뛰었습니다. 서로 앞다퉈서 온갖 동물을 키우는 이야기를 하더니, 한 아이가 말했습니다.

"우리 집엔 거북이 있어요."

"거북이? 거북이는 어떻게 키우니?"

아이가 이렇게 대답하더군요.

"살아있는 거 아니에요. 금거북이에요."

"뭐어? 금거북이?"

금거북이가 얼마짜린지 알고나 하는 소리야, 라는 말이 입에서 튀어나올 뻔했습니다. 그렇게 부잣집이었나, 잠시 생각하던 중에 아이 하나가 얼른 대답했습니다.

"에이, 그거 가짜잖아."

"맞아요. 얘네 집 금거북이 그거 가짜예요."

여기저기서 제보의 목소리가 튀어나왔습니다.

"시장 가면 똑같은 거 많아요."

심지어 시장에 가면 똑같은 거북이가 많다는 소리까지 나오고 말았습니다. 아이 표정이 붉으락푸르락 했지요.

"그런 소리 하면 안 돼."

정색하면서 말리고는 얼른 말했습니다.

"너네 집 금거북이 그거 잃어버리지 않게 조심해야겠다. 아 참, 아까 책에선 누가 가장 나이가 많았다고 했지?"

화제를 돌리기 위해 한 소리였습니다.

"두꺼비요."

"그래, 두꺼비는….'

이렇게 하고 마무리하면 얼마나 좋을까요. 하지만 아이들이 이 재미있는 이야기를 그냥 끝낼 리가 없습니다.

"선생님, 근데 두꺼비보다 거북이가 더 오래 살아요?"

"거북이가 당연히 오래 살지. 바보냐?"

"우리 엄마가 바보라고 하면 안 된댔어. 나쁜 말이라고."

"조용, 조용, 친구한테 바보라고 하면 안 돼. 근데 뭐 물어봤지?"

"거북이가 더 오래 사냐고 물어봤어요."

금거북이 진짜인지 가짜인지야 알 수 없지만, 이야기는 또 돌고 돌아서 누가 더 오래 사냐로 돌아가고 말았답니다.

PART 3

조그맣고 귀여운
햇살 같은 아이들

보건실 VIP

3월의 어느 날이었습니다. 아직 봄이라고 하기엔 쌀쌀하고, 그렇다고 겨울이라고 하기엔 햇볕이 제법 좋은 날이었지요. 언제나처럼 아이들 여럿이 보건실 앞 복도에 있는 연두색 작은 소파에 옹기종기 모여 있었습니다. 소파라고 해봐야 아이들 셋이 앉으면 꽉 차는 작은 의자에 불과하지만, 아이들은 소파에 삼삼오오 모여 앉아서 수다를 떨어대곤 했습니다.

참새에게 방앗간이 있다면 우리 학교 아이들에겐 보건실이 있습니다. 참새가 방앗간을 그냥 못 지나치는 것처럼 우리 학교 아이들도 하루가 멀다 하고 보건실에 들락거리거든요. 침대도 있겠다, 아프다는 좋은 핑계도 있겠다, 쉬어 가기에 안성맞춤이죠. 게

다가 보건쌤은 아이들한테 인기가 아주 좋습니다. 이제 겨우 3년 차 교사지만 누구보다 친절하고 상냥하거든요.

아이들은 보건쌤한테 미주알고주알 온갖 이야기를 털어놓습니다. 집에 있는 강아지가 새끼를 낳은 이야기, 옆집 사는 아이가 새로 학원에 등록했다는 이야기, 급식이 맛있어서 두 그릇을 먹고 배탈이 났다는 이야기 등등 어른 눈엔 한없이 사소해 보이는 이야기들을 보건쌤은 참으로 잘도 귀 기울여 듣습니다. 그러니 아이들이 보건실을 더욱 사랑할 수밖에요.

덕분에 보건쌤은 우리 학교에서 일어나는 온갖 일들을 누구보다 빨리 알아차리곤 했습니다. 6학년 남학생들이 담배를 피웠다는 사실도 보건쌤이 가장 먼저 알아차렸고, 유난히 말이 없는 여자애가 집에서 아동학대를 당하고 있다는 사실도 보건쌤이 가장 먼저 알아차렸습니다. 그야말로 아이들에겐 가장 안전하고 든든한 쉼터였죠.

그날도 그랬습니다. 쉬는 시간 짬짬이 보건실에 들르는 아이들이 연두색 소파에서 한참을 떠들어대다가 수업 시작을 알리는 종이 치자, 후다닥 교실로 달려갔습니다. 보통은 수업 시간엔 연두색 소파도 텅 비는데, 이날은 썰물 빠져나가듯 아이들이 모두 가버린 뒤에도 한 아이가 남아 있었습니다. 이건 심각하게 아프거나 수업에 들어가지 않겠다는 아이들 나름의 의사 표시입니다.

"넌 왜 아직도 여기 있니?"

묻는 소리에 아이가 고개를 들고 저를 빤히 쳐다보았습니다. 1학년 아이였습니다. 제 허리에나 올까 싶은 작은 키에 처음 보는 얼굴이었으니까요. 까만 금속 테 안경을 가느다란 손가락으로 살짝 치켜올리는데 할 말이 아주 많지만 하지 않겠다는 단호함이 묻어났습니다.

아니나 다를까요. 아이는 입을 꾹 다물고는 고개를 왼쪽으로 갸우뚱하면서 누군데 그런 걸 묻지, 라고 무언의 말로 되물었습니다.

"아, 나는 교감 선생님이야. 아파서 보건실 왔니?"

아이는 그래서 뭐, 라는 표정으로 다시 저를 빤히 보다가 이내 고개를 보일락말락 끄덕였습니다.

"어디가 아픈데?" 하고 묻자, 아이는 입을 앙다문 채 다시 저를 빤히 올려다보았습니다.

"머리…요."

짧은 대답이었습니다.

"그래. 선생님 걱정하실 테니까 보건쌤 보고 나면 바로 교실로 가."

아이는 다시 고개를 숙이고, 말없이 창밖을 바라보았습니다. 참 이상하죠. 그 모습이 왠지 마음에 걸렸습니다. 1학년은 말이 많고 시끄럽다고 느껴질 만큼 조잘대는 걸 좋아하는데 말이죠. 아마

도 이 아이는 지금 몸이 아픈 게 아니라 마음이 아프겠구나, 했습니다.

다음 날도 그 다음 날도, 또 그 다음 날도 아이는 보건실 앞 연두색 소파에 앉아 있었습니다. 같은 걸 물어봤고, 아이도 같은 대답을 했습니다. 물어볼 때마다 머리가 아프거나 배가 아프대요. 보건쌤은 매번 증상을 묻고, 간단한 조치를 한 다음 교실로 돌려보내곤 했습니다.

그 이후로도 연두색 소파에 앉아 있는 아이와 몇 번이고 마주쳤습니다. 어찌 된 영문인지 궁금해서 물었습니다. 그랬더니, 보건쌤은 으음, 하고 머뭇거리다가 이런 말을 해주더군요.

"사실은요. 딱히 아픈 건 아니에요."

아하, 소리가 저절로 튀어나왔습니다. 역시 몸이 아픈 건 아니었구나, 싶었습니다. 몸이 안 아픈데, 어떻게 머리나 배가 아프냐고요? 아이들은 몸으로 말하고 있는 것뿐이에요. '저 힘들어요'라고 말이지요.

"3월은 아픈 아이들이 많아요. 물어보면 항상 배가 아프거나 머리가 아프다고 해요. 얘도 그렇고요."

"요즘 보건실 앞에서 자주 봤는데요?"

"네. 보건실 VIP예요. 가장 자주 와요."

보건실 VIP. 입속으로 몇 번이고 되뇌었습니다.

"집에선 아이가 보건실 VIP가 되었다는 걸 알까요?"

"그건 모르겠는데, 엄마가 엄하다고는 하더라고요. 집에서 자주 혼난대요."

"아하."

입에서 또 한 번 저절로 소리가 튀어나왔습니다. 담임 교사와 아이 이야기를 나누었습니다. 적응할 때까지 조금만 더 세심하게 보살펴주세요, 하고 부탁도 했고요.

몇 번 마주치고, 몇 번을 똑같은 걸 물은 다음에야 아이는 저를 똑바로 쳐다보게 되었습니다.

"오늘도 어디 아파?" 하고 물어보면, 배요, 머리요, 어지러워요, 라고 대답했습니다. 신기한 것은 그것도 서서히 나아진다는 것. 아이가 학교에 익숙해지고 적응하는 딱 그만큼씩 말이지요.

어른들도 가끔씩 회사 가기 싫고, 아무것도 하기 싫고, 먹기도 귀찮을 때가 있잖아요. 아이도 그래요. 쉬고 싶은데, 쉴 곳이 없고, 기대고 싶은데 기댈 곳이 없으면 보건실이라도 가야죠. 당연히 그래야죠.

보건실 VIP는 보건실을 들락거리면서 봄을 났습니다. 매일같이 연두색 소파에 앉아 있던 아이가 이틀에 한 번, 사흘에 한 번 꼴로

오더군요. 나중엔 얼굴이 안 보였어요.

그렇게 여름이 찾아왔습니다. 오랜만에 아이와 마주쳤습니다. 보건실을 한동안 안 왔거든요.

"보건실 온 거야? 어디 아파?" 하고 물어보니까 아이는 고개를 저었어요.

"아니요. 심부름 왔어요."

이젠 VIP 자리를 사춘기가 찾아온 4학년 여자아이에게 넘겨주었다고 합니다.

봄 동산으로 놀러 가요

20년도 더 된 어느 날이었습니다. 봄꽃이 만개한 날이었습니다. 아이들이 특히 좋아하는 《즐거운 생활》 수업 시간이었어요. 과목 이름이 《즐거운 생활》인 것처럼 배우는 내용도 그림 그리기, 색종이 접기, 크레파스로 색칠하기, 간단한 계이름 외우기 같은 비교적 즐거운 내용이었지요.

봄 동산을 나타내보라는 다소 추상적인 수업 주제가 교과서에 실려 있었습니다. 아이들은 '동산'이라는 낯선 표현에 딱히 떠오르는 것이 없다는 듯 그저 물음표만 가득한 표정이었습니다.

"왜들 안 하고 있어?"

"뭘 해야 할지 모르겠어요."

아이들은 뚱한 표정으로 머뭇거리고 있었습니다.

밖에 나가서 봄바람도 좀 쐬어보고, 봄 노래를 들으면 뭐라도 하겠거니 생각했습니다. 딴에는 봄, 하면 생각나는 노래랍시고 〈꼬까신〉 노래를 인터넷에서 찾아서 틀어줬습니다.

개나리 노란 꽃그늘 아래 가지런히 놓여 있는 꼬까신 하나

아기는 사알짝 신 벗어놓고 맨발로 한들한들 나들이 갔나

가지런히 놓여 있는 꼬까신 하나

…

그래도 여전히 다들 어리둥절한 표정이었습니다.

"가사를 들으니, 뭐가 떠올랐어? 봄 동산이 머리에 그려지니?"

당연히 개나리 노란 꽃그늘을 머리에 떠올리면서 그림을 쭉쭉 그릴 줄 알았습니다. 물론 제 착각이었지요.

"아니요. 선생님, 근데 꼬까신이 뭐예요?"

"으응? 꼬까신이 뭔지 몰라?"

이번엔 제가 어리둥절했습니다. 꼬까신이 뭔지 모른다는 말에 채 당황하기도 전에 아이들 입에선 기다렸다는 듯 이런저런 말들 이 터져 나오기 시작했습니다.

"선생님, 꽃그늘은 뭐예요?"

꽃그늘이 뭔지 모르는구나, 다시 또 멍해진 새에 아이들은 자기들끼리 묻고 답했습니다.

"넌 그늘이 뭔지 알아?"

"몰라."

"아, 나 알아, 나 알아. 햇빛에 나가면 내 뒤에 생기는 거 있잖아. 그게 그늘이야."

"아아, 그거 나도 알아. 나 맨날 뒤에 그늘 생겨."

입에서 한숨이 터져 나왔습니다.

"하아, 아니. 그건 그림자고, 그늘은 그게 아니라⋯."

아이들은 이미 제 설명은 안 듣고 신이 나서 자기들끼리 떠들어대는 중이었습니다. 꽃그늘이니, 꼬까신이니 하는 노랫말들은 아이들 머릿속에서 이미 까맣게 잊힌 뒤였습니다. 이럴 때 교사가 할 수 있는 건 재빨리 상황을 수습하고 환경을 바꿔주는 것이라는 선배 선생님의 말이 떠올랐습니다.

연속 차시로 80분 수업을 하는 덕분에 수업 시간이 1시간 넘게 남아 있었습니다.

"자, 조용, 조용!"

아이들을 가까스로 조용히 시킨 뒤, 말했습니다.

"얘들아, 우리 아직 봄 동산 못 그렸으니까, 일단 운동장에 나가서 봄 동산을 보고 오자."

와, 하는 소리가 봇물 터지듯 터져 나왔습니다.

아이들과 같이 신발을 챙겨서 운동장으로 나갔습니다. 운동장 가장자리에 줄지어 늘어선 건 키 높은 느티나무들이었습니다. 오래된 느티나무지만, 이제 막 돋아나는 파란 나뭇잎들은 아기 손바닥 만큼이나 작고 앙증맞았습니다. 온몸에 푸른 물이 들어 막 발돋움하는 느티나무는 꽃그늘은 아니어도 제법 큰 나무그늘을 만들어주고 있었지요.

"선생님, 이 나무 진짜 크죠. 우리 할아버지가 그러는데, 백 년도 넘었대요."

"우와, 백 년도 넘었으면 너네 할아버지랑 친구다."

"아니야. 우리 할아버지 백 살 아니야. 우리 할아버지랑 친구 아니야."

"친구래요. 친구래요."

"자자, 친구 놀리는 소리 하면 안 돼. 봄 동산이 어디에 있냐면…."

얼른 아이들을 데리고 간 곳은 운동장 느티나무 그늘을 돌아가면 나오는 학교 뒷동산이었습니다. 나지막한 동산에는 크고 작은 나무들이 빼곡히 자라고 있고, 뾰족하니 풀들이 자라고 있었습니다. 널찍한 공터에는 잔디가 자라고 있었지요.

"에이, 선생님, 여기가 봄 동산이에요?"

몇몇은 시시하다는 눈치였습니다.

"그럼, 이게 봄 동산이야. 봄이 온 동산. 봄 동산."

팔을 벌리면서 한껏 신난 시늉을 해 보였지만, 아이들 표정이
심드렁하기 그지없었습니다. 그도 그럴 것이 매일같이 아이들이
오고 가며 들러서 놀던 곳이었으니까요.

"이게 봄 동산이었어요?"

"응. 봄이 온 낮은 언덕, 이런 걸 봄 동산이라고 불러. 어때, 예
쁘지? 이 꽃 좀 봐."

그제야 아이들의 시선이 저를 벗어나 땅으로 향했습니다. 아이
들은 바닥에 납작 엎드려 피어난 이름 모를 풀꽃들에 꽂혀서 한
껏 고개를 숙였습니다. 그러곤 너도나도 작은 풀꽃을 하나씩 꺾어
예쁘다고 난리였습니다. 꺾어서 팔찌를 만든다, 반지를 만든다, 하
더니, 아이들은 금세 쪼르르 저에게 달려왔습니다.

"선생님, 팔찌 만들줄 알아요?"

아이들 얼굴에 선생님이 풀꽃 팔찌 정도는 척척 만들어낼 줄 아
는 장인이길 기대하는 표정이 역력했습니다. 이럴 때 못 만든다고
하면 아이들 실망이 이만저만 아니겠지요.

"응. 선생님은 당연히 잘 만들지."

사실 어떻게 만드는지 잘 몰라서 대충 풀을 엮어서 매듭 비슷

하게 지어놓은 게 다였습니다. 아이들은 제가 낑낑대면서 팔찌를 만드는 새에 또 신나게 잡기놀이를 하면서 놀았습니다. 고개 한 번 못 들고 열댓 개의 팔찌와 반지를 만들고 나니, 손끝에는 파란 물이 다 배었습니다.

"아, 힘들다. 이제 그만 하자."

물론 1학년에게 선생님이 힘들다는 소리는 별 효과가 없습니다. 나비가 날아왔다는 둥, 나비가 아니라 먼지라는 둥, 꽃잎이 예쁘다는 둥, 네가 더 못생겼다는 둥 떠들어대는 데에 여념이 없었지요.

"우리 배고프니까 이제 들어갈까? 곧 점심시간이잖아."

점심이란 말에 아이들의 눈이 갑자기 동그래졌습니다.

"아, 맞다. 오늘 급식 뭐 나오지? 김치찌개였나?"

"김치찌개에 햄 많이 들어가면 좋겠다."

"나 햄 좋아하는데, 콩나물은 싫어."

1학년답게 앞뒤 없이 뒤죽박죽인 이야기들을 들으면서 봄 동산을 내려왔습니다.

"오늘 재미있었어?" 하고 물으니 다행히도 "네, 봄 동산은 정말 아름다워요"라고 교과서 같은 답을 말해주는 아이도 있었습니다.

"급식 먹으러 가야 하니까 손 씻고 와."

급식 소리에 다들 우르르 달려가는데, 혼자 안 가고 기다리던 여자아이가 하나 있었습니다. 수줍게 제게 손을 내밀더라고요.

"선생님, 이거요."

손을 천천히 펴 보니 손바닥 안에서 얼굴을 빼꼼히 내민 건 풀꽃 반지였습니다. 아까 친구들이 몰려와서 풀꽃 반지며 팔찌며 만들어달라고 할 때도 혼자서 조용히 꼼지락꼼지락 무언가를 만들더니, 그게 풀꽃 반지였던 모양이에요. 아이는 그 귀한 걸 제게 준 것이었죠.

"이거 진짜로 선생님 주는 거야? 고마워" 하니까 아이의 두 뺨이 발그레 물들더군요. 수줍게 물든 붉은 두 뺨은 그야말로 고운 꽃이 피어난 봄 동산이었습니다.

수요일은 무서워

아침에 아이들 여럿이 까맣고 작은 머리를 맞대고 신중하게 이
야기를 나누고 있었습니다. 선생님보다 일찍 학교에 왔으니, 얼마
나 기특한가요. 게다가 무슨 이야기인지 선생님이 교실에 들어온
줄도 모르는 거예요. 이 조그맣고 귀여운 1학년들이 도대체 무슨
이야기를 나누나 궁금해서 살짝 엿들어보았습니다.

"오오, 이럴 수가…."

"와, 나 진짜 좋아하는데…."

"세상에…."

감탄사가 연신 터져 나오더라고요. 선생님, 이란 단어도 나오고,
좋아한다는 말도 간간이 섞여 있고, 혼자 기분 좋은 상상을 하면

서 아이들 곁으로 더 바짝 다가섰습니다. 혹시라도 오늘 선생님이랑 무슨 수업하는 건지 이야기 하나, 아니면 선생님을 좋아한다는 말을 하는 건가, 너무나 궁금했어요.

귀 기울여보니, 놀랍게도 이런 이야기였습니다.

"넌 오늘 요거트 어디에서 먹을 거야?"

"넌 어디?"

"난 급식실에서 다 먹을 수 있어."

"진짜? 난 가져와서 교실에서 먹어야지."

"선생님이 안 된다고 하면 어떻게 하지?"

"아니야. 우리 선생님은 그래도 된다고 할걸?"

맞습니다. 아이들은 너무나 진지하게 오늘 급식에서 뭐가 나올까 이야기하는 중이었습니다. 늘 배고프다고 좋알대는 아이들 때문에 급식 메뉴를 교실 뒤 게시판에 붙여주기 시작한 다음이었습니다.

아이들은 정말로 흥미진진한 얼굴로 급식 메뉴를 들여다보고 있었습니다. 그것도 특식이 나오는 수요일이니, 더더욱 급식에 나올 특별 간식을 주제로 이야기꽃을 피우고 있었던 것이죠. 이것은 마치 스타벅스에서 새로운 메뉴가 나오면 커피를 사랑하는 직장인들을 흥분시키는 것과 똑같다고나 할까요. 선생님이 좋아요, 선생님 사랑해요, 같은 소리가 아니라는 걸 알고 살짝 실망해서는 치이, 흘겨보던 제 눈이 갑자기 동그래졌습니다.

"오 마이 갓!"

저도 모르게 입에서 터져 나온 소리였습니다. 이럴 수가, 그날은 수요일이었습니다! 월요일도 아니고, 화요일도 아니고, 수요일이요. 엥, 그게 무슨 뜻이냐고요? 수요일이라는 건 아이들이 특별히 좋아하는 반찬이나 간식이 나오는 날이라는 거고, 아이들이 기대에 부푼 오늘의 특별 간식은 요거트란 뜻이었습니다.

이건 곧 교사가 아이들 수만큼 요거트 뚜껑을 따 줘야 한다는 뜻이에요. 특히나 요거트는 여기저기 묻기 쉬운 음식인 만큼 아이들 옷이며 얼굴이며 신발이며 온통 요거트 범벅이 될 각오를 해야 한다는 뜻입니다. 아이들 요거트 뚜껑을 하나하나 따 주다 보면 교사 손은 어떻게 될까요? 교사 옷은요?

전에 1학년 담임 교사가 극한직업을 다루는 텔레비전 프로그램에 출연한 걸 본 적이 있어요. 텔레비전 속 1학년 담임 선생님도 비슷했어요. 아이들 한 명 한 명이 다 자리에 앉을 때까지 기다렸다가 후다닥 식판을 받아와서는 밥이 코로 들어가는지 입으로 들어가는지 모르게 잽싸게 흡입하듯 먹고, 언제 그랬냐는 듯 벌떡 일어나서는 아이들 식판을 하나씩 붙잡아서 잔반 버리는 것까지

도와줬습니다.

1학년 아이들은 텔레비전에서나 우리 교실에서나 다르지 않았습니다. 아이들은 쉬는 시간마다 찾아와서 누가 누구랑 싸웠다고 이르고, 화장실에 가도 되냐고 묻고, 어딘가 한쪽에선 울고 있었습니다. 아이들의 그런 모습에 허허허, 하고 헛웃음이 저절로 나오고 온몸이 긴장으로 부르르 떨리는 사람이라면 아마도 1학년을 담임해본 사람이 틀림없을 겁니다.

정말로 1학년 담임 교사는 극한직업 맞습니다. 만약 간식으로 꼬마주스라도 나오는 날엔 손톱이 아플 때까지 뚜껑을 따 줘야 합니다. 최근에 쓴 책에서 저는 '미리 주스 병 따는 것 연습하기'를 초등학교 입학 전 과제로 제시하기도 했습니다. 오죽하면 이런 말을 책에 썼을지 독자들께서는 상상이 되시려나요.

그런데도 왜 1학년을 담임하냐고요?
귀여우니까요.

얼마 전에 1학년을 담임하는 우리 학교 선생님에게 물었어요.
"선생님, 1학년 많이 힘들지요?"
처음 1학년을 맡은 선생님이라 긴장도 많이 하고 부담도 크게 가졌다는 걸 잘 알거든요. 선생님이 피곤한 얼굴로 말하더라고요.

"힘들어요. 아이들이 아직 애기 같아서 하나하나 봐주는 게 정말 힘들더라고요. 근데….."

"근데요?"

이 선생님은 제 질문에 씽긋 웃었습니다.

"귀여워요. 다른 학년에선 한 번도 느껴보지 못한 그런 귀여움이 있어요. 아이들 웃는 거 보면 하루 내내 시달리고 피곤했던 게 그냥 다 녹아내려요."

아, 무슨 말이 더 필요할까요. 저도 그 말에 그냥 웃었습니다. 1학년이 귀엽고 예쁘지 않다면 1학년 담임은 그 누구도 못 하지 않을까 싶어요.

아 참, 그래서 그 수요일은 어떻게 됐냐고요?

"선생님, 이것 좀 따 주세요"라고 첫 번째 아이가 요거트를 내밀어서 뚜껑을 따 주고, 그 뒤를 이어 "저도 따주세요" 하는 아이의 요거트 뚜껑을 또 따 주고, "저도요" "선생님, 저도요" "저는 왜 안 해줘요?" 해서 따고, 따고, 또 따고 했답니다. 여기저기 요거트 범벅이 되었고요.

어떻게 그렇게 잘 기억하냐고요? 그러다가 마지막 아이가 제 블라우스에 요거트를 쏟아버렸거든요.

"어머, 어머, 어떻게 해."

선생님들은 블라우스를 걱정했는데, 소란에 달려온 아이들은 "아이고, 아깝다. 하나 더 달라고 할 수 있나?" 하면서 요거트를 아까워했답니다.

요거트를 흘린, 아니, 제 블라우스에 쏟은 아이에게는 아직 따지 않은 제 요거트를 내밀었습니다. 조심스레 뚜껑을 따 주었더니 아이가 미안한 듯, 쑥스러운 듯, 입을 꾹 다물더라고요.

"괜찮아. 선생님은 안 먹어도 돼. 옷도 빨면 되니까 가서 얼른 먹어" 했더니 "아, 진, 짜요. 네, 고맙습니다" 하고는 그제야 요거트를 받아들고 신 나게 달려나갔지요.

맞아요. 수요일은 무서운 날이랍니다. 적어도 1학년 담임들에겐요.

재이가 안 놀아줘요

매일 아침 마주치는 1학년 여자아이들이 있었습니다. 둘은 항상 팔짱을 끼고, 깔깔거리면서 학교에 왔습니다. 키가 작고 볼이 통통한 재이와 재이보다 한 뼘 정도 키가 크고 상대적으로 조금 더 의젓해 보이는 지안이었습니다.

물론 그래봐야 다 고만고만한 1학년 꼬맹이들이지만, 그래도 유난히 이 아이들이 눈에 띄었던 것은 정말로 딱 1학년 같은 아이들이었기 때문입니다.

아이들은 "안녕" 하고 말을 걸면 "안녕하세요, 선생님. 오늘 날씨가 너무 좋아요, 선생님은 언제까지 여기 서 있어요?" "선생님은 뭐 하는 사람이에요?" 같은 소리를 기다렸다는 듯 쏟아놓곤 했습니다. 보고 있으면 그냥 웃음이 저절로 나는 햇살 같은 아이들이었지요.

늘 세트로 다니던 아이들이 하루는 따로따로 학교에 왔습니다.

"오늘은 왜 혼자니? 재이랑 같이 안 왔어?"

재이 이름이 나오자마자 지안이 눈에 눈물이 핑 돌았습니다.

"선생님, 재이가 저 놔두고 먼저 가버렸어요."

지안이가 눈물을 뚝뚝 흘렸습니다.

"재이가 왜 먼저 간 건데?"

"몰라요. 그냥 저랑 같이 놀기 싫대요. 어제는 저랑 안 놀고 다른 아이하고만 놀았어요."

"에구, 그랬구나. 지안이가 많이 서운했겠다."

서운했겠다, 말하니 지안이는 세상에 그렇게 억울하고 서러운 일이 또 있을까 싶게 대성통곡을 했습니다. 엉엉 우는 지안이를 데려가서 눈물을 닦아주었습니다.

"지안아. 재이가 너랑 안 놀아줄 때는 이유가 있을 텐데, 왜 그랬는지 한번 물어보면 어떨까?"

"뭐라고 물어봐요?"

지안이 눈이 동그래졌습니다. 얼른 답을 말해달라는 표정이었습니다. 사실 이럴 때 교사라면 누구나 생각하는 답이 있습니다.

친구랑 사이좋게 지내려면 어찌어찌해야 한다, 너는 이번 일에서 이런 부분을 잘못한 거야, 같은 말이 이미 선생님 머릿속엔 정답처럼 들어 있거든요. 하지만 선생님이 생각하는 정답을 먼저 말해버리면 아이는 혼자서 문제를 해결하거나 친구와 갈등을 해소하는 방법을 깨치기 어렵습니다. 저는 아이가 아무리 어려도 먼저 생각을 꼭 물어보곤 합니다.

"지안이 생각엔 재이한테 어떻게 물어보면 좋을 것 같아?"

"왜 나랑 안 놀아주냐고, 너랑 놀고 싶다고요?"

"그래. 바로 그거야. 재이한테 왜 안 놀아주는지 물어보고, 너랑 놀고 싶어, 라고 말해주면 좋겠지. 하지만 재이 마음이 왠지 모르게 뾰족하다고 느껴질 땐 좀 더 부드럽고 친절하게 물어보면 더 좋지 않을까?"

"어떻게요?"

"어떻게 말하면 재이가 네 마음을 알 수 있을까? 지안이 생각을 말해볼래? 너라면 친구가 어떻게 말해주면 좋겠어?"

"너를 엄청 좋아해. 네가 전처럼 나랑 놀아주면 좋겠어, 라고요."

"그래, 이왕이면 부드럽게 웃으면서 말해야 해. 그렇게 할 수 있겠니?"

이럴 때 토라진 친구에게 할 수 있는 감정 표현도 가르쳐주면 좋겠지요.

"알았어요. 한 번 해볼게요."

이 조그만 1학년은 골똘히 생각하는 눈치였습니다. 어느새 지안이의 눈물도 말라 있었습니다.

다음 날 두 아이가 다시 팔짱을 끼고 등교했습니다. 자신과 안 놀아주는 친구 마음을 되돌리기까지 이 작은 1학년 아이가 얼마나 걸릴까, 궁금했는데 지안이는 혼자 힘으로 딱 하루 만에 해결한 겁니다.

"어? 오늘은 또 같이 왔네?"

제 말에 지안이와 재이가 여느 때처럼 까르르 웃었습니다.

"네. 아침에 같이 아파트에서부터 걸어왔어요."

"이제 다시 같이 노는 거야?"

"그럼요. 우린 친구예요."

둘은 또 팔짱을 끼고 보란 듯이 웃으면서 걸어갔습니다. 가볍게 콧노래를 부르면서 가는 지안이에게 "지안아, 어떻게 했어?" 하고 입 모양으로 물어보았습니다. 지안이가 웃으면서 똑같이 입 모양으로 대답하더군요.

"미안해, 사랑해."

아하, 그 짧고 간결한 두 마디로 지안이는 재이의 마음을 되돌린 것입니다. 하긴 친구 사이에 그보다 더 나은 말이 또 있을까요.

1학년 지안이는 갈등을 해결하기 위한 강력한 마법을 터득한 겁니다. 미안하고 사랑한다는 말 말입니다.

줄넘기는 어려워

"쌩쌩!"

아침부터 운동장에서 줄넘기를 하는 아이들이 눈에 띄었습니다. 그때만 해도 줄넘기 급수제 같은 게 있었습니다. 예를 들면 2단 줄넘기 30개를 할 수 있고 줄에 걸리지 않고 모아뛰기 100개까지 하면 1급, 2단 줄넘기 20개에 모아뛰기 80개면 2급, 이런 식으로 급수를 매기는 겁니다. 덕분에 아침마다 줄넘기를 연습하는 아이들이 한창 많아진 즈음이었습니다.

줄넘기를 연습한다고 모여든 1학년 아이들도 많았습니다. 나름 열심히 한다고 해도 1학년 아이들의 줄넘기 실력은 당연히 형편 없습니다. 줄 돌리고 착, 줄 돌리고 착, 하고 박자에 맞춰서 뛰는 게 1학년에겐 결코 쉬운 일이 아니지요.

1학년은 줄넘기를 한다고 해도 준비하는 데 시간도 오래 걸립니다. 키에 맞게 줄을 조절해야 하는데, 이 일은 모두 선생님 몫입니다. 다들 몰려와서 서로 줄을 맞춰달라고 졸라대다 보면 체육 시간 끝. 그뿐인가요. 줄을 몇 번 돌리면 줄에 몸이 걸리기 일쑤고, 앞에서 돌린 줄에 뒤에 뒤에서 맞았다고 우는 일도 허다합니다. 눈곱만큼 뛰고도 헥헥거리면서 힘들다고 칭얼대고요.

그런 1학년 아이들의 시선이 운동장에서 줄을 돌리는 누군가에게 꽂혀 있었습니다. 부러움이 가득한 시선은 2학년 남자아이에게 쏟아지고 있었는데요. 바로 아이들 사이에서 전설의 줄넘기 신동으로 전해지는 아이였습니다. 태권도 학원에서 배웠는데, 어쩌다 보니 2단뛰기를 저절로 하게 됐다는 아이였죠.

2단뛰기는 줄을 빠르게 돌리면서 두 번을 타닥, 뛰는 식입니다. 모아뛰기야 꾸준히 하면 1학년이든 할아버지든 누구나 서서히 실력이 늘지만, 2단뛰기는 어지간한 아이들은 시도조차 못 하는 일이었습니다.

문제는 줄넘기 신동의 사촌 동생이 1학년 우리 반에 있었다는 것입니다. 이 아이는 사촌 형처럼 줄넘기를 잘하고 싶어서 집에서 매일같이 맹연습을 했습니다. 하지만 안타깝게도 2단뛰기의 높은 벽은 아직 넘지 못한 상태였습니다.

"저 형아가 재우네 사촌형이라며? 우와, 2단뛰기 몇 개째 하는 거야?"

아이들 사이에서 사촌형 이야기가 나오면 재우 얼굴에는 왠지 모르는 뿌듯함이 가득해졌다가, "근데 왜 재우는 못 해?"라는 소리가 나오면 픽, 하고 한숨이 새어 나왔죠.

그날은 줄넘기 열풍에 아침부터 교실이 후끈 달아오른 다음이었습니다. 안 그래도 쉬는 시간마다 줄넘기를 들고 아이들이 달려 나가던 터였습니다.

"수업 시간 다 돼가는데, 재우랑 애들 어디 갔니?"

수아에게 물었습니다. 다들 쉬는 시간마다 줄넘기를 한답시고 몰려다니는 중에도 수아 혼자만 책을 읽고 있었습니다. 1학년 교실에선 다른 친구들이 다 열심히 할 때도 안 하겠다고 하는 아이가 하나씩은 꼭 있습니다. 그게 이번은 수아였지요.

"요 앞으로 줄넘기하러 갔어요."

수아는 교실 앞 작은 공터를 가리켰습니다.

"수아는 안 하니?"

"덥고 땀 나서 싫어요."

수아는 사실 줄넘기를 안 하는 게 아니라 못 하는 것이지만, 모른 척했습니다.

곧 아이들이 하나둘 헉헉거리면서 교실로 돌아왔습니다.

"재우는 왜 안 와?"

"재우는 더 연습하고 온대요."

아이고, 소리가 저절로 나왔습니다. 보나 마나 사촌형이 잘하는 2단뛰기를 연습하는 중일 거라고 생각했습니다. 곧 오겠지, 생각했던 것과 달리 재우는 10분이 지나도록 돌아오지 않았습니다.

이쯤 되면 찾으러 가야 합니다.

복도를 지나서 공터로 가는 길에 아이 우는 소리가 들렸습니다. 재우 목소리였습니다. 참 희한하지만, 직업이 선생인 사람은 자기 반 학생 우는 소리는 확대해서 들리는 것처럼 귀에 꽂힙니다. 마구 달려갔죠.

"재우야, 왜 그래, 왜 울어?"

재우는 땅바닥에 퍼질러 앉아서 발을 굴러대고 있었습니다.

"선생님, 안 돼요."

온몸이 땀범벅이 돼서 얼굴이 벌겋게 달아오른 재우의 대답이었습니다.

"뭐가 안 되는데?"

"2단뛰기요. 형아랑 어제도 연습했는데, 잘 안 돼요. 줄넘기는 너무 어려워요."

"맞아요. 어려워요."

언제 따라왔는지 뒤에서 아이들 맞장구치는 소리가 들려왔습니다.

"너만 못 하는 거 아니야. 우리도 다 못 해."

"맞아. 난 아예 못 뛰잖아. 그래서 교실에서 책만 읽어."

책을 옆구리에 끼고 구경나온 수아도 거들었습니다.

"줄넘기가 그렇게 어려워?" 하고 물으니, "네!" 하고 아이들이 한목소리로 대답했습니다.

"거봐, 다 어렵대. 그럼 그 형아가 이상한 거네. 재우가 못 하는 게 아니라…."

재우를 달래는 제 말에 기다렸다는 듯 아이들이 또 그래, 그래, 를 외쳐댔습니다.

"그 형 진짜 이상해. 사람이 어떻게 그렇게 줄넘기를 잘할 수가 있어."

"맞아. 너네 형 사람 아니지? 내 생각엔 외계인 같아."

선생님이 한마디 하면 열 마디 거드는 아이들이 1학년입니다. 나중엔 사람이 아니라 외계인이라는 소리까지 나왔죠.

"그만, 그만. 알았으니까 이제 교실로 가자. 재우도 세수하고 들어가자."

아이들을 데리고 교실로 왔습니다. 줄넘기 연습한답시고 어찌나 신나게 뛰어놀았는지 아이들 몸에서 시큼한 땀 냄새가 잔뜩 풍겨왔습니다.

"우리 반은 줄넘기 급수제 안 할게. 해봐야 다 똑같은 등급만 나올 텐데…."

어차피 다 똑같이 최하위 등급인데 해봐야 무슨 의미가 있을까 싶었습니다. 아이들은 무슨 말인지 이해를 잘 못 했지만, 급수제를 안 한다는 말에는 다들 좋아했습니다. 우리 반은 줄넘기 급수제 대신 긴줄넘기인 '꼬마야, 꼬마야'를 하게 됐습니다.

"꼬마야, 꼬마야, 땅을 짚어라."

이렇게 하면 반드시 줄에 걸리는 아이가 나옵니다.

"아니, 아니, 땅 짚는 건 하지 말자."

제 말에 땅을 짚는 동작은 건너뛰고 넘어갔습니다.

"꼬마야, 꼬마야, 만세를 불러라."

이것도 잘 못하는 아이들이 있습니다.

"아니다. 만세 부르는 것도 어려우니까, 이것도 빼자."

그래서 만세 동작도 뺐지요.

"꼬마야, 꼬마야, 줄을 넘어라."

나중엔 노래를 지어서 줄을 돌렸지만, 그래도 즐거웠습니다. 아이들은 햇볕 아래 땀을 흠뻑 흘리는 것만으로도 행복하니까요.

안녕, 친구야

교실에서 한참을 부대끼면서 지내다 보면 아이들 사이에 싸움이 종종 일어납니다. 좁은 공간에 아이들이 여럿이고, 저마다 개성 만점의 아이들이니 싸움이 일어날 수밖에요. 우리들 어른의 눈으로 보면 매일 싸우는 것 같고, 아슬아슬한 관계 같지만, 아이들은 아이들 나름의 방식으로 친구와 관계를 맺고, 우정을 쌓아가는 것입니다.

아이들의 이런 특성을 이해하고 나면 아이들 싸움을 어른들 싸움처럼 바라보지 않게 됩니다. 어른들은 두 번 다시 안 볼 것처럼 화내고 싸우고 기어이 관계를 끊어버리지요? 아이들은 달라요. 아이들은 때론 싸우고 또 때론 같이 놉니다. '그렇게나 싸우고 어떻게 같이 놀지?' 싶은데, 아무렇지 않게 같이 놉니다. 아이들을 가르치면서 아이들 곁에 오래 있다 보면 이런 희한한 관계를 자연스레 이해하게 됩니다.

우리 반 수민이와 강호도 그랬습니다. 곱상하게 생기고 키가 작은 수민이와 덩치가 크고 키가 수민이보다 머리통 하나만큼이나 더 큰 강호는 정말로 하루가 멀다하고 싸워댔지요. 알고 보면 너무나 시시하고 별것 아닌 일들로 말입니다.

"선생님, 수민이가 저한테 공 던졌어요."

"아니에요. 강호가 먼저 그랬어요."

"저 수민이랑 놀기 싫어요."

"나도 너랑 안 놀아."

울고, 불고, 때리고, 싸우고, 이 모든 게 매일 반복됐습니다.

"아니, 너희들은 왜 도대체 만나기만 하면 싸우니."

야단을 해도 소용 없고,

"둘이 같이 심부름이라도 다녀와."

같이 심부름을 시켜도 소용 없고,

"모둠 활동을 같이 해보면 어떨까?"

모둠을 같이 묶어주면 오히려 싸움이 더 거세졌습니다.

"선생님, 애네들 싸워요."

"선생님, 수민이하고 강호 또 싸워요."

다른 아이들이 오히려 불만이었습니다.

이쯤 되면 어떤 방법이 있을까요. 동료 선생님들에게 고민을 털어놓았습니다.

"간단해. 둘이 못 놀게 해."

"어떻게요?"

"으음, 다섯 걸음 이내로 못 들어가게 해. 그럼 서로 치고받고 싸우는 건 안 할 거 아니야."

동료 선생님 한 분은 접근 금지령을 내리라고 조언했지만, 경력이 많으신 선생님 한 분이 반대를 하셨습니다.

"그게 무슨 소리야. 안 돼. 애들 싸움을 어른 싸움처럼 생각하면 안 돼. 어른들은 서로 안 보면 끝나지만, 애들은 그럼 안 되지. 교실에서 매일 같이 놀고 까불고 장난쳐야 하는데…."

저는 그 말이 맞다고 생각했습니다. 매일 함께 노는 아이들을 어떻게 떨어지라고 말을 하겠습니까. 별 뾰족한 수 없이 수민이와 강호의 지지고 볶는 일상은 이어졌지요.

그러던 어느 날이었습니다. 희한하게도 수민이가 하루 종일 기운이 없었습니다. 수민이가 너무 조용하니, 강호도 덩달아 조용했습니다.

"너희들 오늘은 안 싸우니?" 하고 물어볼 정도로요.

수민이가 종일 기운도 없고 울적해 보여서 수업하는 내내 신경이 쓰였습니다. 그날 오후에 수민이 엄마가 찾아왔습니다.

"어머, 어머니, 연락도 없이 어쩐 일이세요."

놀라서 물었습니다.

"선생님, 사실은… 저희 수민이 전학 가요."

수민이 엄마가 마른하늘에 날벼락 같은 말을 하셨습니다.

"전학이요? 어, 언제요?"

"다음 주 월요일에 짐은 빼고, 저희는 금요일에 올라가요."

그날이 화요일이었으니, 전학 가기까지 불과 며칠 안 남은 상황이었습니다.

"네에에에? 그렇게 빨리요?"

"네, 갑자기 아빠 회사 발령이 그렇게 나면서 좀 급하게 됐어요. 저희도 서울로 이사해야 해서 사정이 복잡하네요."

"애들이 수민이 좋아하는데… 서운해서 어떻게 해요. 저도 수민이랑 더 오래 같이 공부하고 싶은데요."

"수민이도 안 가고 싶어 해요. 선생님도 좋고 친구들도 좋대요."

"그럼 수민이는 전학 가는 거 알아요?"

"네. 오늘 아침에 알려줬어요."

아아, 그래서 그렇게 수민이가 기운이 없었구나, 무슨 일 있냐고 물어도 대답은 않고, 고개만 젓던 수민이 얼굴이 떠올랐습니다.

"아이들한테는 선생님이 잘 설명해주세요."

수민이 엄마를 보내고 나서, 교실에 앉아 있는데 마음이 안 좋았습니다.

다음 날이 됐습니다.

"선생님이 뭐 할 말이 좀 있어."

아이들이 다들 빤히 저를 쳐다보았습니다.

"사실은 … 음, 그게… 수민이가 전학 간대."

"전학이요? 전학이 뭐예요?"

"다른 학교 간다고."

눈치 빠른 여자아이들이 수군댔습니다.

"아, 진짜? 왜 전학 가는 거야?"

"… 나 이사 가."

수민이 말에 아이들이 말을 차마 잇지 못했습니다. 놀라고 당황하고 서운해하는 복잡한 기색이 역력했습니다. 그 가운데에서 강호의 표정이 가장 눈에 띄었습니다. 아무렇지 않은 척 애써 입을 꾹 다물고 있는 게 느껴졌습니다.

그날은 교실이 내내 조용했습니다. 강호랑 수민이가 싸우지 않았기 때문이었죠. 강호와 수민이가 안 싸우면 우리 교실은 평화로울 거라고 늘 생각했는데, 막상 진짜로 그런 날이 갑자기 닥치니 그렇게나 어색하고 이상할 수 없었습니다. 어떻게 지냈는지 모르게 어색하고 낯선 며칠이 흐르고 수민이가 전학 가는 날이 왔습니다.

"수민아, 이거 친구들이 써준 롤링 페이퍼야. 집에 가서 읽어 봐. 서울 가서도 공부 잘하고, 선생님하고 친구들 잊으면 안 돼."

수민이 머리를 가만가만 쓰다듬어주었습니다. 땀이 살짝 나서 촉촉한 머리카락 사이로 온기가 느껴졌습니다.

"애들아, 수민이한테 인사하자."

"수민아, 안녕."

"수민아, 잘 가."

아이들이 저마다 한마디씩 수민이에게 인사를 건넸습니다. 아직 이별에 익숙하지 않은 아이들은 할 말이 딱히 생각나지 않는 모양이었습니다. 똑같이 안녕, 잘 가, 만 할 뿐이었습니다. 수민이는 입술을 잘근잘근 깨물었다가 고개를 숙였습니다.

"안녕히 계세요. 안녕."

수민이가 인사를 하고 뒤돌아서서 멀어져갔습니다. 복도를 지나고, 현관을 지나서 운동장으로 나서는 수민이를 아이들이 창가에 매달려 바라보았습니다. 우리 교실에서 처음으로 전학 가는 아이였기에 더 애틋하고 슬펐지요.

"수민아, 안녕."

"수민아, 잘 가."

아이들이 마구 손을 흔들면서 소리치는데, 그 뒤로 키가 큰 강호의 머리가 보였습니다. 뭐라 한마디 할 법도 한데, 강호는 그저 말없이 가만히 서 있기만 했습니다. 한참을 수민이를 바라보다가 돌아서는 강호의 뒷모습이 어찌나 처량하고 쓸쓸하던지요. 아이들 싸움은 어른 싸움 하고 다르다는 말을 여실히 이해했던 순간이었습니다.

한동안 강호는 풀이 죽어 지냈습니다. 체육 시간에도, 좋아하던 공놀이를 할 때도, 급식 맛있는 것 나왔다고 아이들이 소리칠 때도 말입니다.

그 큰 어깨가 축 처져서 다니다가, 여름방학 때 수민이가 할머니 집에 내려왔지 뭡니까. 강호가 수민이를 다시 만났다고 어찌나 좋아했던지 모릅니다. 이 아이들은 사실 둘도 없는 단짝 친구가 아니었을까요?

보물찾기

선선하니, 날씨도 좋고, 바람은 불고, 구름은 동동 떠 있는 어느 가을날이었습니다. 아이들하고 보물찾기를 해보기로 마음먹었습니다. 웬 보물찾기냐고요? 제가 어릴 때만 해도 지금 같은 현장 체험학습은 없었습니다. 대신 소풍을 갔지요. 엄마가 싸준 도시락을 들고 어디 이름도 잘 기억나지 않는 산으로 몇 시간이고 걸어서 다녀오는 소풍이요. 지금이야 버스를 타고 가지만, 그땐 한참을 걷고 또 걸어야 했습니다.

낯선 곳에서 도시락을 먹는 것도 좋았지만, 가장 기대되고 설레는 것은 뭐니 뭐니 해도 보물찾기였습니다. 소풍 장소를 샅샅이 뒤지다 보면 선생님이 미리 숨겨놓은 보물쪽지가 있곤 했죠. 하지만 운이 없는지, 한 번도 보물쪽지를 찾아본 적이 없었어요. 늘 보물쪽지를 찾은 다른 친구들을 보면서 부러워하곤 했죠. 문득 그때의 그 설렘과 부러움이 생각났습니다. 아이들과 보물찾기를 해보기로 했지요.

"애들아, 우리 재미있는 거 해볼까?"

재미있는 것, 이란 말 한마디로도 귀가 솔깃해지는 1학년들이지요.

"재미있는 거, 뭐요?"

아이들이 연필을 내려놓고 선생님을 빤히 쳐다보았습니다.

"음, 보물찾기."

이렇게 말하면 척 알아들을 줄 알았더니, 아이들이 뜻밖에 보물찾기를 모르더라고요.

"그게 뭔데요?"

"진짜 보물을 찾아요?"

아이들이 눈을 동그랗게 뜨고 물었습니다.

"아니, 진짜 보물을 찾는 건 아니야."

그 말에 아이들이 이런저런 질문을 던졌습니다.

"보물을 찾는 게 아닌데, 왜 이름이 보물찾기예요?"

"보물을 찾아서 뭐 하는데요?"

아이들 반응에 당황해서 손을 내저어야 했어요.

"으으음, 설마 보물찾기를 몰라?"

아이들 얼굴을 보니, 정말로 보물찾기가 무엇인지 모르고 있었습니다.

"우리가 보물을 캐러 가요?"

아마도 이 말은 보물과 보석을 똑같은 걸로 생각하기 때문에 한 말이겠지요.

"아니, 아니, 그건 아니야. 선생님이 이렇게 작은 쪽지에 '보물'이라고 써놓을 거야."

손에 든 종이를 아이들에게 보여주었습니다. 시큰둥해 보이는 아이도 있고, 기대에 차서 바라보는 아이도 있었습니다. 저게 무슨 보물이야, 싶은 뚱한 표정도 있었고요.

"그다음엔 선생님이 이 쪽지를 몰래 교실에 숨길 거야."

"그럼 우리가 찾아요?"

"어, 맞아. 그렇지. 그래서 보물찾기라고 하는 거야."

"그거 찾으면 뭐가 좋은데요?"

으음, 괜찮습니다. 이런 날카로운 질문에도 답할 말을 예상해두었으니까요.

"선생님이 준비한 사탕 같은 맛있는 간식이랑 이 쪽지를 바꾸는 거야."

순간 아이들 입에서 갑자기 오오, 소리가 터져 나왔습니다.

"와, 좋아요."

"얼른 해요."

순식간에 교실은 흥분과 기대와 설렘으로 가득 찼죠.

"오늘은 안 돼."

"왜요?"

"선생님이 아직 보물을 안 숨겼거든."

저는 웃으면서 손을 내저었습니다.

"선생님, 보물은 어디에 숨겨요?"

"뭐야, 그걸 물어보면 어떻게 해. 선생님이 숨기면 우리가 찾는 거래잖아."

이렇게 저의 의도를 잘 해석해주는 아이들이 꼭 있습니다. 고맙게도요.

"맞아. 수진이 말처럼 선생님이 숨긴 다음에 너희들이 찾는 거지. 어때? 재밌겠지?"

잔뜩 기대에 찬 눈빛으로 아이들을 바라보았습니다. 사실은 보물찾기를 교실에서 한다는 것에 제가 더 좋아했답니다.

아이들이 집에 가기를 기다렸습니다. 빈 교실 구석구석에 보물쪽지를 숨겼습니다. 사물함과 사물함 사이 잘 안 보이는 구석에도 숨기고, 신발장 틈에도 숨기고, 책꽂이에 꽂혀 있는 동화책 갈피에도 숨겼습니다. 한 사람이 다 찾아도 안 되고, 쉽게 찾으면 안 되니까 한곳에 숨기는 것도 안 되고, 보물만 있으면 안 되니 꽝도 적절하게 섞어놓았습니다. 한참 동안 보물 쪽지를 숨기고 나니, 어찌나 뿌듯하고 기분이 좋던지요.

"이 정도면 내일 아이들이 종일 찾아다녀도 다 못 찾겠지?"

웃으면서 퇴근했습니다.

드디어 대망의 보물찾기 날이 밝았습니다. 아침에 학교에 가는 길에 내내 생각했습니다.

'수학 시간 끝나고 할까, 맞아. 아이들이 요새 수학 계산 문제 푸는 거 어려워하니까 어려운 거 한 다음에 하자고 하는 거지. 그럼 열심히 문제를 풀 거야. 잘됐다. 수학 시간 끝나고 해야지.'

혼자 이런저런 상상에 빠져서 기분 좋게 교실에 들어섰습니다.

그런데 이게 웬일입니까.

아이들이 저마다 보물 쪽지를 하나씩 들고 있는 게 아닌가요.

"어? 너희들 그게 뭐야?"

어제 그렇게나 열심히 숨겨두었던 보물 쪽지가, 어려운 수학 시간 끝난 다음에 짜잔, 하고 선물처럼 시작하려고 했던 보물찾기가, 교실에선 이미 한창이었습니다.

"선생님, 저는 꽝 찾았어요."

"선생님, 선생님, 전 '보물'이라고 쓰여 있어요. 이거 맞지요?"

아이들은 어리둥절해 있는 저에게 아무렇지도 않게 쪽지들을 내밀었습니다.

"어, 뭐야. 어떻게 찾았어?"

"저기 신발장 사이에 있던데요?"

"전 사물함 사이에서 찾았어요."

"저는 여기 이 책 안에 있었어요."

"…."

에휴, 아이들을 기쁘게 해주려던 게 모두 물거품이 돼버렸지요.

"아, 보물찾기가 다 끝났잖아? 이리 가져와 봐. 선생님이 한번 보자."

세어 보니, 보물 쪽지가 한 개 모자랐습니다.

"앗, 다행이다. 하나 남았어."

"남았다고요?"

"응. 보물 쪽지 하나 남았으니까 그것까지 찾아내야 돼."

아이들은 그 말에 열심히 교실을 뒤지고 또 뒤졌지만, 끝내 나머지 보물 쪽지는 못 찾았답니다.

"선생님, 못 찾겠어요. 하나는 어디 숨겼어요?"

"아아, 못 찾겠다. 꾀꼬리."

"선생님, 말해주세요. 꾀꼬리 했잖아요."

아이들이 힘차게 꾀꼬리를 불러댔지만, 전 마지막 보물 쪽지의 행방을 끝내 말해주지 않았습니다. 사실은 어디에 숨겼는지 저도 잊어버렸거든요. 그 보물 쪽지는 지금도 교실 어딘가에 잠들어 있겠지요?

내 꿈은요

하늘은 파란 물감이라도 칠해놓은 듯 투명하고 파랗게 빛났습니다. 구름 몇 조각이 선명한 하얀 빛을 내면서 떠 있는 것이 여름이 한창이라는 걸 보여주는 것 같았습니다. 여름이 깊어간다는 것은 학교에선 곧 방학이 다가온다는 뜻입니다.

여름방학을 앞둔 즈음 교사들이 하는 가장 큰 고민은 이런 겁니다. 교과서 진도는 다 나갔는데, 딱히 할 만한 일이 없다는 것, 또는 뭔가 특별하고 재미있는 걸 하고 싶은데, 학기 중에 이미 어지간한 건 다 해봐서 마땅히 할 게 없다는 거요.

"방학 다 돼가는데, 진도도 다 나갔고 뭐 하죠?"

고민 끝에 다른 선생님들께 물었습니다.

"영화 보여줘. 〈나 홀로 집에〉 시리즈 같은 거 말이야. 애들 좋아할걸?"

6학년 선생님의 말이었습니다. 6학년이야 좋아라 하면서 끝까지 잘 보겠지만, 1학년 아이들에게 그만한 집중력이 있을 리 없습니다. 분명 조금 보다가 말고 떠들거나 장난칠 게 뻔합니다. 얼마 전에도 애니메이션 한 편을 보여주려 했지만, 재미있네, 없네, 하고 싸우다가 아이 하나가 울어버리는 일이 있었습니다. 저는 고개를 저었습니다.

"저희 애들은 영화 보여주는 거 안 돼요."

"그러면 천연 염색이라도 해 봐. 날씨 좋으니까."

이건 4학년 선생님의 말이었습니다. 4학년 아이들은 얼마 전에 황토로 천연 염색한 티셔츠를 잘 입고 다녔습니다.

"1학년이 무슨 염색이야. 담임 숨넘어갈 일 있나, 일일이 애들다 도와주려면 힘들어서 안 돼."

제가 하고 싶은 말을 대신 해준 건 2학년 선생님이었습니다.

"그러지 말고 '나의 꿈 발표회' 이런 건 어때? 담임은 발표회 할 때 사진만 찍어줘도 돼. 나머진 다 애들이 준비하는 거니까."

으응? 눈이 동그래졌습니다.

"어, 그거 좋겠네요."

"아이들더러 잘 어울리는 의상이나 소품들도 같이 준비하라고 해.《즐거운 생활》시간에 소품 만들고, 국어 시간에는 발표회 대본 쓰면 되니까, 교육 과정하고도 연계돼서 더욱 좋지."

아하, 고개를 마구 끄덕였습니다. 역시 베테랑 선생님다운 조언이었습니다.

"근데 아이들이 잘할 수 있을까요. 안 좋아하면 어떻게 하죠."

살짝 걱정되는 부분이긴 했습니다. 1학년은 쉽게 집중력이 흐트러지고, 싫증도 잘 내니까요.

"뭘, 우리 애들도 다 했어. 1학년 애들도 잘할 거야."

그 말에 힘이 솟았습니다. 2학년이 재미있어 했다면 1학년도 시도해볼 만하겠지, 생각했습니다.

그렇게 해서 시작된 '나의 꿈 발표회'였습니다.

"자, 이러쿵저러쿵 해서 준비하는 거야. 알겠지?"

신이 나서 설명했지만, 아이들 반응은 시큰둥했습니다.

"선생님, 전 꿈이 없는데요?" 하는 아이들이 여럿이었습니다.

"그러니까 잘 생각해봐. 이번 기회에 어떤 사람이 되고 싶은지 고민해보면 좋잖아. 집에 가서 엄마랑 아빠하고도 얘기해보고."

집에 가서 가족과 함께 나의 꿈에 대해 이야기 나누고 오라고 숙제로 내주었습니다.

"내가 되고 싶은 미래의 나를 그려보는 거예요."

《즐거운 생활》 시간에 칠판에 '미래의 나의 모습 그리기'라고 또박또박 써주었습니다.

"여러분은 어떤 사람이 되고 싶어요? 그림을 그리기 전에 집에서 가족들하고 이야기 나눈 거 발표해볼까?"

아이들 손이 재빨리 위로 올라갔습니다.

"저는 대통령 될 거예요. 우리 엄마랑 아빠가 대통령이 최고 높은 거래요."

"대통령? 우와, 그럼 세민이가 우리나라 대통령 되는 거야? 그래, 좋아요. 이렇게 세민이처럼 대통령이 되고 싶은 어린이도 있을 거고…."

"전 박사님이요. 박사는 똑똑해서 저랑 잘 어울린대요."

흐으음, 하긴 그렇습니다. 나의 꿈이라고 해도 보통은 아이들의 꿈이 아니라 부모님의 희망사항이지요.

"맞아. 수혁이처럼 박사님이 되고 싶은 어린이도 있겠지요?"

아이들 입에서 기다렸다는 듯 미래의 꿈이 쏟아져 나왔습니다.

"전 선생님이요. 전 아이들 가르치는 거 좋아요. 선생님처럼 훌륭한 선생님이 될 거예요."

이런 말을 들으면 담임으로서는 한껏 흐뭇해지지요.

"전 헤어 디자이너요. 우리 엄마가 그러는데, 전 머리 만지는 거 좋아하니까 미용실 하면 좋겠대요."

"선생님이 나중에 찾아가면 싸게 해줘야 돼."

"네, 선생님은 싸게 해줄게요."

"전 메이크업 아티스트요. 전 그림 잘 그리니까, 메이크업 아티스트 하고 싶어요. 저도 선생님 싸게 메이크업 해줄게요."

아이들 이야기를 들어주다가 새롬이에게 시선이 갔습니다. 아이들 모두 떠들어대는데, 새롬이 혼자 조용했습니다. 할 말은 있는데, 뭔가 쑥스러운 표정이라고 할까요.

"아, 우리 새롬이 이야기를 안 들었네?"

아이들이 일제히 몸을 돌려서 새롬이를 쳐다보았습니다. 안 그래도 부끄러움을 많이 타는 새롬이는 얼굴이 새빨개졌습니다.

"뭔데, 뭔데."

"얼른 이야기해봐."

"새롬이는 아마 피아니스트일걸? 새롬이 피아노 치는 거 좋아하잖아."

"아니야. 새롬이는 디자이너일 거야. 새롬이는 예쁜 옷 좋아해."

"그건 패션모델이지. 디자이너가 아니잖아."

"아니야, 디자이너야. 새롬아, 그렇지?"

새롬이는 여전히 발그레한 얼굴로 온갖 추측을 쏟아내는 아이들을 한 번 쳐다보았다가 저를 한 번 쳐다보았습니다.

"괜찮아. 너 하고 싶은 거 이야기하면 돼."

제 말에 새롬이는 머뭇머뭇 입을 열었습니다.

"엄마요."

"뭐?"

잘못 들었나 했습니다.

"엄마요. 전 엄마가 되고 싶어요."

다들 어리둥절했지만, 금세 아아, 하고 아이들이 고개를 끄덕였습니다. 그렇습니다. 새롬이는 엄마가 되는 게 꿈이었습니다. 어린 동생이 줄줄이 있는 의젓한 새롬이, 그런 동생들이 귀찮을 법도 한데 새롬이 꿈은 엄마였어요. 의사나 선생님, 과학자만 듣다가 엄마가 꿈이라는 말을 들으니, 새삼 대견해 보였습니다.

"저는 아이들을 잘 키우는 엄마가 될 거예요."

새롬이는 아이들을 예쁘게 잘 키우는 게 꿈이라고 살짝 덧붙였습니다.

"와, 정말 그렇네. 좋은 엄마가 있어야 훌륭한 아이도 있는 거니까. 우리 새롬이는 나중에 꼭 좋은 엄마가 되도록 하렴."

저는 힘껏 박수를 쳐주었습니다. 아이들은 저마다 되고 싶은 미래의 모습을 그림으로 그렸습니다. 그림 솜씨는 한참이나 서툴지만, 그래도 나중에 아이들이 꼭 꿈으로 이루고 싶은 모습이었지요. 로봇과 함께 서서 웃고 있는 아이, 칠판 앞에 서서 웃고 있는 아이, 많은 사람 앞에서 웃고 있는 아이, 미용실 원장님이 돼서 웃고 있는 아이, 그리고 어린아이들의 손을 잡은 새롬이까지요.

"근데 선생님은 꿈이 뭐예요?"

그날 누가 물었답니다.

"꿈? 선생님 꿈?"

생각해본 적 없던 말이었어요. 하지만 어른에게도 꿈을 묻는 게 아이들이지요.

"네. 선생님도 꿈이 있을 거 아니에요. 우리 아빠가 그러는데, 사람은 누구나 꿈이 있어야 한다고 했어요. 선생님도 사람이니까 꿈이 있어야죠."

"으음, 선생님 꿈은⋯."

아이들 눈이 호기심으로 반짝였습니다.

"⋯작가야. 책 쓰는 작가가 되고 싶어. 나중에 꼭 작가가 돼서 너희들 이야기 책으로 써줄게."

잠시 망설이다가 대답했습니다. 가슴 속에 오랫동안 품어두었던 꿈이었습니다.

"우와, 진짜요?"

아이들은 작가가 무엇인지도 잘 모르면서 선생님 꿈이라니까 다들 좋아서 박수를 쳐주었지요.

"그럼, 그럼. 선생님이 약속할게."

아이들 앞에서 했던 그날의 약속을 이렇게 지키게 되었네요.

PART 4

조금 웃어도 많이 행복한
1학년의 세계

우리들은 1학년 I _ 입학식

입학식 날이 되었습니다. 교문에 "입학을 환영합니다"라는 플래카드가 붙었습니다. 플래카드를 보면서 제 가슴이 다 두근거리기 시작했습니다. 1학년을 맡는다는 건 앞으로 온갖 희로애락을 겪어야 한다는 뜻이라고 선배 선생님들이 하도 말했기 때문입니다. 게다가 다들 입을 모아 아마도 그 '희로애락'은 여태까지 겪어 본 것과는 차원이 다를 거라고도 강조했지요.

"1학년… 많이 힘들까요?"

걱정하면서 물었습니다.

"당연하지. 얼마나 힘든데. 말도 마. 난 1학년 안 해, 아니, 못 해."

이렇게 말하는 선생님도 있었습니다.

"그치, 1학년이 최고 힘들지."

"1학년은 노동 강도가 정말로 탑이야, 탑."

선생님들은 고개를 절레절레 저었습니다.

"에이, 그래도 웃는 날도 많잖아."

이런 긍정적인 말도 있었지만,

"뭐, 그렇긴 하지만, 힘든 날이 훨씬 많아. 자, 잘 생각해 봐. 김 선생은 애들 똥 싸면 어떻게 할 거야."

이런 충격적인 말도 있었습니다.

"또… 똥이요?"

한 번도 생각해본 적 없던 이야기라 깜짝 놀라서 되물었습니다.

"똥 싸는 애 이번에 몇 명 나오나 보자. 작년에 몇 명이었지?"

"세 명이요. 아이고, 말도 마요. 제가 그 옷 다 빨아서 보내느라 얼마나 힘들었게요."

작년에 1학년을 담임하고 저에게 1학년 담임 자리를 넘겨준 선 배 선생님의 목소리에서는 한숨이 묻어났습니다. 작년에 선생님 이 빨간 고무장갑을 끼고 운동장 수돗가에서 똥 묻은 팬티를 빨 았던 모습이 생각나서 저도 모르게 침을 꿀꺽 삼켰습니다.

선생님들은 1학년 교실에서 벌어졌던 온갖 사건 사고들을 늘어 놓았습니다.

"지금 3학년 재민이 있잖아. 걔 1학년 때 생각해 봐. 현장학습

가야 하는데, 안 와서 담임이 가서 데려왔잖아."

"왜요?"

"왜는, 엄마가 안 깨우고 아침에 일 나갔는데, 1학년이 혼자 일어나겠어? 쿨쿨 자다가 학교도 안 온 거지. 애들이 다 와야 버스 출발하는데, 연락도 없이 안 왔으니, 발만 동동 구르다가 나중엔 담임이 가서 데려왔지."

"그건 약과지. 난 애가 아파서 약 먹고 학교 일찍 왔다가 교실 바닥에다가 다 토해놔서 치운 적도 있어."

"교… 교실에 토를 했다고요? 토한 것도 선생님이 다 치우셨어요?"

제 목소리가 살짝 떨렸습니다.

"당연하지, 담임이 안 치우면 누가 치워. 그날 다른 애들 오기 전에 교실 바닥을 아주 미친 듯이 닦았다니깐."

선생님은 혀를 끌끌 찼습니다.

"으음… 저는 비위가 약… 한데요."

"괜찮아. 이제 김 선생도 강해질 거야. 1학년 담임 되면 다 그렇게 되게 돼 있어."

누군가 위로하듯 말해주었지만, 전혀 위로가 되지 않았습니다.

"재작년인가 급식 먹다가 토한 1학년 애도 있었잖아. 그것도 그때 담임이 다 치웠지."

"아, 급식실에서… 음, 그랬던 것 같기도 하네요."

그러고 보니, 그런 난리가 있었던 것 같기도 했습니다. 이젠 남일이 아니라 내 이야기가 될 차례였습니다.

"학부모들은 또 어떻게…. 다 저녁에 '선생님, 알림장이 뭐예요?' 하고 묻는가 하면, '선생님, 왜 우리 애는 사진에서 맨 끝에 있어요?'라고 묻는다니깐. 친절하게 잘 대답해야지, 안 그럼 서운해해."

다들 그 말에 고개를 끄덕끄덕했습니다.

"저, 오늘은 뭐 하지요? 입학식 끝나고 교실에서 두 시간 있다가 밥 먹으러 가는데요."

"가장 중요한 건 수업할 때 돌아다니면 안 된다고 꼭 미리 말해줘야 한다는 거야. 안 그럼 유치원 때처럼 돌아다니는 아이들 있거든."

"아, 맞아. 화장실 언제 가야 하는지도 꼭 얘기해줘."

"배고프다고 보채면 참으라고 얘기해주고."

"엄마 보고 싶다고 엄마한테 전화해달라고 할 수도 있어."

"하아… 네, 다 적었어요."

수첩에 선생님들 하는 이야기를 모두 다 받아 적었습니다. 한숨이 저절로 나왔습니다.

"에이, 안 그래요. 내가 얼마나 잘 키워서 올려 보내는데…. 우리 애들 똘똘하고 의젓하고, 학부모님들도 다 좋으셔요. 1학년 쌤은 그런 걱정 하나도 안 해도 돼요."

유치원 선생님은 손을 내저으면서 웃었습니다. 하긴 유치원 아이들을 보면, 가장 형님 반이라는 7세 반 아이들은 상당히 의젓해 보이긴 했습니다. 그 말에 그나마 살짝 희망이 엿보였습니다.

"하, 하하… 하하하. 그, 그렇겠죠?"

'그래. 괜찮아. 옷에 똥만 안 싸고, 교실에서 토하지만 않으면 돼…. 나머지야 뭐, 어떻게든 되겠지. 학부모님들도 분명 다 잘 이해해주실 거야.'

이렇게 생각하면서 대충 웃어넘겼습니다.

"선생님들 시업식 준비 다 됐지요? 강당으로 모이세요."

"이제 슬슬 가볼까."

교무실에 모여 있던 선생님들이 어깨를 주무르면서 일어섰습니다. 저도 덩달아 엉덩이를 들었더니, 선배 선생님 한 분이 앉으라고 손짓을 하며 말했습니다.

"1학년 담임은 올 한 해 편한 날이 오늘 아침, 지금 이 시간 말고는 없어. 선생님은 여기서 쉬다가 천천히 강당으로 와."

"그래. 너무 걱정하지 마, 김 선생. 오늘은 선생님 이름 석 자만 알려주고 보내도 잘한 거야.”

아무렴 이름 석 자 알려주는 것 정도야 얼마든지 하지, 싶어서 나름 야무지게 고개를 끄덕여 보였습니다. 1학년 아이들과 학부모님들에게 잘 보이려고 아침부터 정성껏 차려입은 정장 치마는 벌써 주름이 지고 있었습니다.

‘그래, 이름 석 자 알려주는 게 무슨 일이라고. 뭐, 그 정도야 얼마든지 할 수 있지.’

끄응, 하는 소리와 함께 자리를 박차고 일어섰습니다.

우리들은 1학년 II _ 첫날

강당에 들어섰습니다. 6학년 아이들이 강당에서 부지런히 의자를 나르고 있었습니다.

그 모습을 보니 "얘들아, 선생님이랑 같이 의자 나르자" 하고 한마디만 해도 타다다닥, 의자를 날라주고 줄을 맞춰주고, "선생님, 뭐 더 할 거 없어요?" "선생님, 여기 줄 더 반듯하게 맞출까요?" 하고 묻던 6학년 아이들이 문득 그리웠습니다. 흑, 하지만 그건 다 지나간 일이고 이제 1학년 꼬맹이들에게 마음을 붙여야 한다, 다시 숨을 크게 들이쉬었습니다.

입학식은 상당히 엄숙하고 진지하게 진행됐습니다. 떠드는 아이들도 없고, 일어나서 돌아다니는 아이들도 없었습니다.

'어, 생각보다 조용하고 괜찮은데?'라고 생각했습니다. 누가 빤히 보고 있는 것 같아서 쳐다보면 우리 반이 될 1학년 아이들이었습니다. 저를 살짝 훔쳐보고 있다가 저랑 눈이 마주치면 언제 그랬냐는 듯 고개를 돌리곤 했습니다. 눈을 마주치면 수줍게 웃어주는 아이들도 더러 있었습니다. 대부분 여자아이들이었습니다.

교장 선생님의 말이 길게 이어졌습니다.

"우리 학교는… 교육 과정 운영에 최선을 다하고 있고, 1학년 아이들의 생활에도 최선을 다하여…."

교장 선생님의 이야기를 한 귀로 듣고 한 귀로 흘리면서 듣다 보니, 점점 마음이 차분해지는 것 같았습니다.

"우리 학교를 믿고 맡겨주시고… 이제 부모님들께서는 가정으로 돌아가셔도 됩니다. 입학식 때 급식 안 먹는 학교도 많지만, 우리 아이들은 특별히 급식까지 먹고 하교할 겁니다."

정신이 번쩍 들었습니다. 입학식이 거의 다 끝난 것이었습니다. 교장 선생님과 입학생, 담임 교사까지 다 함께 사진을 찍고 나니, 입학식이 끝났습니다.

하나둘 함께 오셨던 부모님이 아이들과 손을 흔들었습니다. 드디어 아이들과 저만 남았습니다.

"자, 남자 한 줄 여자 한 줄, 이대로 일어서 선생님이랑 같이 교실로 가자."

"네."

아이들은 목소리도 고분고분, 걸음도 다소곳했습니다.

'뭐야. 아까 선생님들이 다 놀리느라 그랬나. 아이들 되게 조용
하고 얌전한데? 역시 유치원 선생님이 잘 가르쳐서 올려 보내셨
네.'

호호, 하고 웃음이 다 나올 것 같았습니다.

교실로 아이들을 데리고 갔습니다. 하지만 여기서부터 시작이
었습니다. 미리 준비해둔 자리에 모두를 앉히는 데도 한참 걸렸습
니다.

"자, 여기 책상에 이름표 보이죠?"

"네."

"여기 이름표 있는 데에 앉으면 돼요. 선생님이 미리 이름표 붙
여두었으니까, 자기 자리 가서 앉으세요."

책상에 이름표를 다 붙여두었으니, 자기 이름 적힌 자리에 가서
앉으면 될 줄 알았지만, 그렇게 순순히 자리를 찾아가는 아이는
몇 안 됐습니다.

"와, 여기 내 자리다."

자기 자리를 잘 찾아 앉는 아이들이 있는가 하면, 대부분은 저

에게 와서 물었습니다.

"선생님, 저 어디 앉아요?"

"아, 이름이 뭐지? 아, 연아구나. 연아는 여기 앉으면 돼."

안내해주면, 또 다른 아이가 와서, 물어봅니다.

"선생님, 저는 어디에 앉아요?"

"넌 이름이 뭔데?"

"김민하요."

"민하? 민하 자리가 어디더라."

민하 자리를 찾는 새에 또 다른 아이가 물어봅니다.

"선생님, 저는요? 저는 최하민이요."

"아, 하민아. 잠깐만 기다려줄래? 선생님이 민하 자리 먼저 찾아주고…."

"선생님, 저는요?"

"아, 넌 누군데?"

다들 웅성웅성하는 사이에 남자아이들은 벌써 투닥거리면서 싸우기 시작했습니다.

"네가 밀었잖아."

"아니야. 난 이렇게 있었어. 안 밀었어."

"네가 신발주머니로 내 엉덩이 밀었잖아."

"내가 언제?"

이러면서 싸우는 아이들.

"선생님, 우리 이제 뭐 해요?"

"선생님, 가방 내려놔도 돼요?"

"선생님, 신발주머니 갖다 놓을까요?"

이렇게 묻는 아이들. 너무 많은 질문이 한꺼번에 쏟아지니, 정말로 정신이 하나도 없었습니다. 어찌어찌해서 겨우 아이들 모두를 자리에 앉혔더니, 기다렸다는 듯이 너무나 경쾌하게도 쉬는 시간을 알리는 종이 울렸습니다. 딩동댕동, 딩동댕. 마치 종소리가 '아이들을 자리에 앉히는 데만 한 시간 걸렸어요' 하고 말해주는 것 같았지요.

"이게 무슨 소리예요?"

"아, 유치원엔 종이 없지? 이건 초등학교에만 있는 건데….”

"이거 종소리야. 너는 종소리도 모르냐?"

"그러니까, 그게 뭔데?"

"쉬는 시간이라고. 초등학교는 쉬는 시간이 따로 있어서 그때만 쉬는 거야. 유치원에서 입학 적응 시간에 배웠잖아. 넌 그 시간에 놀아서 모르는 거야."

제 말이 다 끝나기도 전에, 참으로 똘똘하고 야무지게 설명을 대신해주는 여자아이도 있었습니다. 그사이에 언제 왔는지 제 귀에 대고, "선생님, 저 놀러 나가도 돼요?"라며 버럭 소리치는 남자 아이도 있었지요.

"아이, 깜짝이야. 선생님한테 그렇게 소리 지르면 안 돼. 아무튼 쉬는 시간이니까, 나갔다 와도…."

돼, 라는 말을 미처 꺼내기도 전에 벌써 와다다다, 달려 나가는 아이가 있는가 하면, "선생님, 저도 잠깐 나갔다 와도 돼요?"라며 먼저 달려나간 아이를 바라보면서 수줍게 묻는 또 다른 남자아이 도 있었고요.

"선생님, 학교는 간식 안 줘요? 유치원은 간식 주는데…."

"아, 학교는 간식 안 줘. 유치원은 간식 어떤 거 주니?"

이 말 한마디에 다들 우르르 몰려들어서 유치원에서 먹던 간식 을 자랑했지요. 케이크, 바나나, 딸기 등등을 한참 말하다가, 아이 들은 곧 입을 모아 말했습니다.

"선생님, 우리 밥 언제 먹어요?"

"어, 좀 있다가."

"선생님, 왜 밥 안 먹어요?"

"조금 있다가 먹어야 되거든. 너네 유치원 때도 그렇게 했으면 서 뭘."

묻는 말에 하나하나 모두 대답해줬지만, 그 말을 주의 깊게 들는 아이는 별로 없었습니다. 그러고는 다시 똑같은 걸 묻고 또 묻고의 연속이었죠.

"선생님, 밥 안 먹어요?"

"선생님, 오늘 밥 뭐 나와요?"

"… 밥은 조금 있다가 먹고, 오늘 밥은 뭐 나오는지 선생님도 잘 모르겠어."

그때 누군가 물었습니다.

"선생님, 저 화장실 가도 돼요?"

"아 참, 화장실 가라는 말을 안 해줬네. 너희들 화장실 다녀왔니?"

"아니요. 지금 갔다 와요?"

"어, 지금이라도 다녀와. 뛰지 말고 천천히."

하지만 이미 다다다다, 달려가는 아이들 발소리가 복도에 울려 퍼졌습니다. 다른 교실에선 다음 수업이 벌써 시작됐을 시간이었는데 말이죠. 아아, 한숨이 저절로 나왔습니다.

하루가 어떻게 갔는지도 모르게 갔습니다. 밥을 코로 먹는지, 입으로 먹는지도 모르게 정신 없이요.

"내일… 또 만나자. 집에 갈 때 차 조심하고, 알겠지?"

하고 지도를 했습니다.

"안녕히 계세요."

우르르 아이들이 달려나간 다음 헝클어진 머리를 추스르며 자리에 앉았습니다.

"으아아아…."

소리가 저절로 나왔습니다. 아이들에게 제 이름도 말을 안 해줬더라고요. 이름 석 자만 알려주고 보내도 잘한 거라고 했던 선배 선생님들 말이 떠올랐습니다. 그래도 내일은 또 내일의 태양이 떠오르니까, 힘내보자, 했습니다. 그게 1학년 어린이들과 보냈던 첫날이었습니다.

울보들

"선생님, 저희 재현이는 눈물이 너무 많아서 걱정이에요. 학교에서 평소에도 잘 울죠?"

"으음, 살짝 그런 편이긴 해요."

웃으면서 고개를 끄덕였습니다. 재현이는 눈도 유난히 큰데 눈물도 어찌나 많은지 걸핏하면 울곤 했습니다. 친구들이 놀렸다고 울고, 친구들이 먼저 급식실로 달려갔다고 울고, 선생님이 다른 아이 먼저 발표시켰다고 울었습니다. 친구들도 재현이가 울면 그러려니 했죠.

"선생님, 친구들이 재현이가 남자인데 잘 운다고 만만하게 보고 괴롭히면 어떻게 해요."

재현이 엄마는 걱정이 태산이었습니다.

"남자아이도 울 수 있죠. 남자아이든 여자아이든 울고 싶을 땐 울어야죠. 친구들도 재현이 잘 우는 거 알아서, 오히려 옆에서 챙겨주는 편이에요."

남자아이니까 울면 안 된다는 건 편견이에요. 남자든 여자든 울고 싶으면 울어야 하고, 얼마든지 울 수도 있지요. 아이들은 재현이가 울 때마다 옆에서 잘 달래주고, 토닥여주곤 했습니다. 반 분위기나 아이들 태도가 따뜻해서 망정이지, 안 그랬으면 재현이 엄마의 걱정이 몇 배로 늘었을 겁니다.

"재현이가 아무래도 저를 닮아서 그런 모양이에요. 저도 어릴 때 눈물이 많았거든요. 재현이가 꼭 저를 닮았어요."

재현이 엄마 눈에 눈물이 핑 돌았습니다. 몇 번 만나 보니, 재현이는 엄마를 닮은 게 틀림없었습니다. 재현이 엄마도 눈물이 많아서 상담을 하다 보면 항상 눈물을 흘리시곤 했거든요.

"어머니, 저도 어릴 때 엄청 자주 울었어요. 학교를 너무 일찍 가서 그땐 진짜 힘들었거든요. 지금 재현이 우는 건 아무것도 아니에요. 전 정말 매일 울었다니까요. 별명이 울보였어요."

저는 어릴 때 여섯 살에 학교에 갔습니다. 생일이 10월이니, 거의 다섯 살이었던 셈이지요. 아이들과 정서적 격차는 컸고, 아이들은 놀이에 끼워주지 않았습니다. 매일 울었습니다. 하지만 울어도 아무도 안 놀아주고 따돌려져서 결국 학교를 한 학기 만에 그 만두었지요.

"정말요? 선생님은 그렇게 안 생기셨는데…."

"아하하, 저도 재현이처럼 눈물이 많아요."

"그래도 재현이 울 때면 선생님이 따끔하게 혼 좀 내주세요. 습 관 될까 봐 걱정이에요."

"어머니, 학교에선 제가 재현이 잘 볼게요. 혹시라도 마음에 걸 리는 일 있으면 바로 알려드릴게요."

재현이 엄마는 그제야 고개를 끄덕이면서 자리에서 일어났습 니다.

그날 오후, 교장실에서 느닷없는 호출이 있었습니다.

"김 선생, 지난번에 그 공문 왜 여태 처리 안 했어?"

"네? 공문이요?"

아뿔싸, 까맣게 잊고 있었던 공문이 있었더라고요.

"어, 그, 그게…."

"그거 중요하니까 기한 내에 꼭 처리해야 한다고 했는데, 왜 여 태 안 했어, 어?"

"…."

혹시 이 상황이 잘 이해되지 않으실까 싶어 덧붙이자면, 회사에서 직장인들이 상사에게 야단맞고 잔소리 듣는 것처럼 교사들도 가끔 그럴 때가 있습니다. 그날의 저도 교장 선생님에게 잔소리를 잔뜩 들어야 했습니다. 애들은 예뻐하고 좋아했지만, 사실 그때의 저는 다른 일은 잘 못하는 허당이었습니다. 그런 사실을 누구보다 저 자신이 가장 잘 알고 있었기에 더 속상했던 것이죠.

우울한 기분으로 교실로 돌아왔습니다. 교실은 아이들 모두 집에 가고 텅 비어 있었습니다. 아이들이 신나고 즐겁게 뛰어놀고 장난치던 그런 교실이 아니라 텅 빈 교실에 들어오니까 왠지 처량하고 또 되게 서글프더라고요.

마음이 약하고 눈물이 많은지라, 저도 모르게 눈물이 났습니다. 애들도 없겠다, 교장 선생님한테 한바탕 야단맞고 마음도 안 좋겠다, 창밖을 보면서 눈물을 뚝뚝 흘렸습니다. 혼자 온갖 슬픔을 곱씹으면서 한참을 우는데, 뒤에서 누군가가 훌쩍훌쩍 우는 소리가 들리는 게 아니겠습니까? 깜짝 놀라서 돌아봤습니다.

제 뒤에서 아이 하나가 눈을 비벼가면서 울고 있는 게 아닌가요. 바로 눈물 많아서 걱정이라던 재현이 말입니다.

"어머, 재현아, 너 왜 여기에서 울고 있어?"

"어엉, 엉⋯."

"아니, 너 왜 우는데, 무슨 일 있었어?"

정말로 깜짝 놀라서 몇 번이고 물었습니다. 한참 뒤에야 돌아온 대답은 뜻밖의 것이었습니다.

"알림장 가지러 교실 왔는데, 선생님이… 울고 있어서요."

"… 어머, 세상에, 선생님이 울어서 따라 운 거야?"

재현이가 고개를 *끄덕끄덕* 하더군요. 그러고는 몹시도 진지한 표정으로 한다는 말이 "선생님, 울지 마세요"였지요.

"…."

눈물이 그렁그렁한 눈으로 말입니다.

"어, 어… 그래…."

순간, 1학년 울보 꼬맹이의 맑은 눈이 어찌나 위로가 되던지요.

"알았어. 선생님 운 건 비밀이다."

새끼손가락을 내밀었습니다.

"선생님도요."

"선생님은 뭐?"

"저 울었다고 하면 엄마가 또 뭐라고 한단 말이에요."

"아 참, 그렇지. 알겠어. 엄마나 애들한텐 비밀이야."

울보들끼리 새끼손가락을 걸고 약속하고 나니, 창밖은 어느새 노을이 지고 있었습니다. 눈물이 가득한 노을이 창밖을 붉게 물들이고 있었지요.

엄마 눈에는 안 좋게 보이거나 마음에 안 찰지 몰라도 잘 우는 아이는 잘 우는 아이대로 나름의 장점이 있는 것이지요. 공감 능력이 크고 다른 사람의 불행을 그냥 넘기지 않고 위로의 손을 내밀 수 있는 것 말입니다. 어쩌면 이건 아무나 흉내낼 수 없는 따뜻한 마음 아닐까요.

만우절

일 년에 한 번 거짓말을 하고도 용서받는 날, 바로 만우절이지요. 국내외 팬들에게 뜨겁게 사랑받았던 드라마 〈별에서 온 그대〉에서는 주인공이 이런 말을 하는 장면이 나옵니다.

"이 나라 조선에서는 첫눈이 오시는 날, 그 어떤 거짓말을 해도 용서가 된답니다. 심지어 왕에게 하는 거짓말도 용서받을 수 있는 유일한 날이랍니다."

정말 그렇답니다. 조선의 3대 임금 태종도 첫눈이 오는 날, 자신의 아들 정종에게 첫눈이 들어 있는 상자를 보내 거짓말로 장난을 치려 했다는 고사가 있을 정도예요. 오래된 풍습인 만큼 요즘은 만우절을 모르는 초등학생이 드물지요. 만우절에 학생들이 하는 가벼운 장난이나 거짓말 정도는 선생님들도 눈 감아 주고 껄껄 웃고 넘어가지요.

지금이야 진지하고 심각한 표정으로 교무실에 앉아 있는 교감 쌤이지만, 저는 교실에서 아이들을 가르칠 땐 장난치는 걸 좋아했습니다. 특히 만우절 장난은 너무 재밌었어요. 초등학교 1학년부터 6학년까지 다양하게 만나봤지만, 가장 잘 속는 게 1학년 아이들이었습니다. 아마도 그만큼 순수하고 순진해서 그렇겠지요. 1학년 아이들에게 어떤 장난을 칠까 고민하던 중에 만우절이 찾아왔습니다.

"선생님이 오늘 꼭 해야 할 이야기가 있어."

사뭇 진지한 표정으로 웃음기를 싹 빼고 말했습니다.

"뭔데요?"

아이들이 고개를 갸우뚱했습니다.

"우리 오늘 시험 봐요?"

"아니, 안 봐."

"그럼 받아쓰기인가?"

"아니. 받아쓰기 안 볼 거야."

"그럼요?"

웃음이 입가로 비실비실 새어 나왔지만, 지금 웃어버리면 너무 시시해지니까, 어떻게든 웃음을 꾹 참았습니다.

"으으음… 얘들아, 정말 안타깝지만, 선생님이 오늘까지만 너희들이랑 공부를 하게 됐어. 이제 선생님은 다른 학년으로 선생님을 하러 가야 돼."

"그럼 우리는요?"

"으음, 어쩔 수 없지 뭐. 내일부턴 다른 선생님이 오실 거야."

"…네에에에에?"

아이들은 놀라서 눈이 휘둥그레지고, 입이 떡 벌어졌습니다.

"왜요?"

"선생님 어디 가요?"

"선생님 이사 가는 거예요?"

"선생님 꼭 가야 돼요?"

"선생님 어떤 학년으로 가는데요?"

별의별 질문들이 마구 터져 나왔습니다.

"교장 선생님이 그렇게 하래. 선생님은 교장 선생님이 하라고 하면 해야 되잖아."

아이들 고개가 저절로 끄덕여지는 걸 놓치지 않고 이렇게 덧붙였습니다.

"교장 선생님이 다른 학년으로 가서 담임을 하라고 하니까, 선생님이 어떻게 하겠어. 어쩔 수 없지 뭐. 하라는 대로 해야지."

"아… 진짜요?"

1학년이지만, 아이들도 교장 선생님이 얼마나 무섭고 높은 분인지 잘 압니다.

"응···."

안타깝고 슬퍼하는 표정을 지으면서 고개를 끄덕였습니다. 아이들 얼굴이 일그러지는 게 한눈에 들어오더군요.

"선생님한테 그동안 하고 싶었던 이야기 있음 한번 해 봐. 마지막 날이니까 다 들어줄게."

진지하게 말했습니다.

"흐흑··· 흑···."

벌써 여기저기서 여자아이들 울음소리가 흘러나왔습니다.

"선생님, 안 가면 안 돼요?"

평소엔 그렇게나 야무지고 카랑카랑한 채영이가 눈물을 닦으면서 말했습니다.

"선생님이 안 갔으면 좋겠니?"

"네. 아무 데도 안 가고 우리랑 공부했으면 좋겠어요."

"그래. 그렇게 말해줘서 정말 고마워. 하지만 선생님은 교장 선생님이 하라는 대로 해야 돼서 가야 돼."

안쓰러운 표정을 지으면서 아이들을 바라보았습니다. 아이들 눈이 빨개지고 여기저기서 따라 울기 시작했습니다.

"어어엉··· 선생님, 가지 마세요."

"선생님, 제가 말 잘 들을게요. 저는 사실 선생님 좋아했어요."

이런 고백 비슷한 말도 나왔지요.

"그래. 선생님도 그 마음 잊지 않을게."

이 정도만 하고 그만뒀어야 했는데, 무슨 마음이었는지 저는 짐을 정리하는 시늉을 했습니다.

"선생님, 벌써 가요?"

"응. 가야 돼. 다른 반 애들이 기다릴 테니까."

아이들 눈이 동그래져서 어찌할 바를 몰라 했습니다.

"그… 그럼 우리는요?"

누군가의 목소리였습니다. 정말로 걱정하는 목소리, 선생님 없이 우리 반은 어쩌나 하는 목소리였죠.

"아, 음, 맞아. 너희들은 그 6학년 선생님이 오실 거야."

생각나는 대로 둘러댔습니다.

"6학년 선생님 누구요?"

순간, 아이들 눈에 호기심이 어렸습니다.

"아, 체육 선생님 오면 좋겠다."

아이들이 말하는 체육 선생님은 6학년 선생님 중에 체육 업무를 맡고 있는 선생님을 말하는 거였습니다.

"체육 선생님 수업 시간에 맨날 재밌는 거 한대. 우리 형이 그랬어."

6학년에 형이 있는 석훈이의 말이었습니다.

"우와, 그럼 우리도 이제 재밌는 거 매일 하는 거야?"

"어, 진짜?"

"와, 잘됐다. 나 줄넘기 말고 다른 거 하고 싶었어."

"나도, 나도!"

"그럼, 우리 이제 축구도 하고, 피구도 하자고 하자."

운동 좋아하고 나가서 놀기 좋아하는 남자아이들은 벌써 슬슬 기대하는 눈빛으로 바뀌기 시작했습니다. 이건 마치 우리 선생님은 이왕 가기로 했으니, 갈 사람은 가고, 올 사람은 얼른 와라, 이런 느낌이었지요. 짐 싸는 시늉을 멈추고 물었습니다.

"선생님은 이제 갈까?"

"어, 네, 아니, 아니요. 아니, 네요."

아이들 입에서 네, 했다가 아니요, 했다가 다양한 답이 나왔습니다.

"선생님한테 마지막으로 할 얘기 없어?" 하고 물었더니, "선생님, 잘 지내세요" "선생님, 다른 형아들도 잘 가르쳐주세요" 등의 말이 오갔습니다.

그러고는 아이들 사이에서 톡 튀어나온 말 한마디.

"선생님, 그런데 새로운 선생님은 언제 와요?"

"안 와. 안 와."

첫, 하는 소리와 함께 대답했습니다.

"왜요?"

"왜는 선생님이 장난친 거니까 그렇지. 오늘 만우절이잖아."

입이 삐죽 나와서 대답했지요.

"아아, 근데 만우절이 뭐예요?"

"거짓말하는 날."

"선생님, 거짓말은 나쁜 거잖아요. 근데 왜 선생님은 우리한테 거짓말해요?"

딱히 변명할 말이 없었습니다. 그러게 뭐 하러 그런 장난을 했을까요. 그날 하루 종일 한참 공부하다가도 갑자기 생각났다는 듯이 아이들은 물었습니다.

"선생님, 새로운 선생님 안 와요?"

"안 와. 안 온다니까."

"왜요?"

"아까 말했잖아. 만우절이어서 선생님이 장난쳤다고."

"거짓말하는 사람은 나쁜 사람 아니에요?"

아이들 중 하나가 너무나 진지하게 말했기 때문에 사과하지 않을 수 없었습니다.

"그래, 맞아. 거짓말하지 말라고 말해놓고 선생님은 거짓말로 장난쳤어. 선생님이 잘못했어. 앞으로는 절대 그런 장난 안 칠게."

아이들이 그때 했던 말들이 아직도 선명하게 기억이 납니다. 왜 선생님은 거짓말로 장난쳤어요, 그러면 나쁜 사람이라면서요, 하던 말이요. 그러고 보면 우리는 항상 아이들에게 바르게 행동해라, 바른말을 써라 말하면서도 정작 필요하면 언제든 거짓말하거나 장난쳐도 된다고 여기는 건 아닐까 싶어요. 아이들은 이 모든 걸 다 몸과 마음으로 배우고 있는데 말이에요.

사람이라면 누구나 나이가 많든 적든 상관없이 바르고 고운 말을 하고, 정직한 행동을 해야 한다, 이게 그 만우절 날 1학년 아이들이 저에게 가르쳐준 교훈이었답니다. 물론 그 이후로는 만우절에 제자들에게 반을 바꾼다거나 다른 반으로 간다거나 하는 장난을 치지 않았고요.

비 오는 날의 미션

어느 여름날 오후였습니다. 하늘이 순식간에 어두컴컴해지더니, 쏴아 하는 소리와 함께 소나기가 쏟아졌습니다. 5교시를 하는 날이라 아직 학교에서 수업 중이던 아이들이 빗소리에 놀라 창가로 몰려갔습니다.

"와, 비 많이 온다."

"선생님, 비 와요."

"어, 집에 어떻게 가지?"

다들 입에서 저절로 집에 어떻게 갈지 걱정하는 소리가 터져 나왔습니다.

"얘들아, 우리 교실에 우산 있던가?"

"여기요, 하나 있어요."

교실에는 주인 없는 우산이 딱 한 개 있었습니다. 그마저도 미술 시간에 모빌 만들기를 한답시고 살을 다 부러뜨리고 겉의 천을 모두 뜯어버려서 우산으로 쓸 수 없었습니다.

"아, 근데 못 쓰는 우산이에요."

아이들이 좋아라, 하면서 우산을 집어 들었다가 실망해서 금세 내려놓았습니다.

"그럼 어떻게 하지?"

"선생님, 우리 엄마한테 전화해서 데리러 오라고 해요."

맞습니다. 이렇게 되면 방법은 하나밖에 없습니다. 부모님이 우산을 들고 학교로 아이들을 데리러 오시는 것 말입니다.

"엄마나 아빠한테 지금 데리러 오라고 하면 오실 수 있는 사람 손 들어볼래?"

"저요!"

"저요, 저도 엄마 올 수 있어요."

"저는 할머니요. 할머니가 데리러 올 수 있을 거 같아요."

급하게 아이들 집으로 연락을 돌렸습니다. 그러는 사이 빗줄기는 점점 거세졌습니다. 이대로라면 운동장이 삽시간에 물바다가 될 게 뻔했습니다. 지금이나 그때나 오래된 학교일수록 배수가 잘 안 됩니다. 배수가 안 되면 물은 금방 여기저기 차오르기 마련이지요.

"비가 점점 더 많이 오네. 큰일이다."

걱정하는 선생님 얼굴을 보고는 아이들도 덩달아 얼굴이 어두워졌습니다.

"선생님, 저렇게 비가 많이 와서 우린 집에 어떻게 가요?"

"너는 엄마가 오신대잖아. 우리 엄마는 왜 전화 안 받지?"

"그러게, 엄마가 데리러 오는 친구들은 그나마 다행인데, 나머지는 어떻게 하지?"

때마침 교실 인터폰이 급하게 울렸습니다.

"김 선생, 1학년 중에 지금 집에 가야 하는 애들 우리 교실로 보내요. 우리 반 애들하고 묶어서 보내게."

다른 학년에서 빗줄기가 굵어지는 걸 보고 서둘러 수업을 끝내기로 했다는 연락이 왔습니다. 아이들 몇 명은 다른 학년에 있는 형아, 누나들 편에 묶어서 보내기로 했습니다.

다행히 아이들 엄마, 아빠가 하나둘 교실로 도착했습니다. 집에서 급하게 나와 머리가 다 헝클어지고, 슬리퍼를 끌고 다급하게 학교로 달려오신 모양이었습니다. 학교 근처에 사는 엄마, 아빠들이 가장 먼저 도착해서는 아이들을 챙겨주셨습니다.

"선생님, 집에서 못 데리러 오는 아이들 있지요?"

"네, 진혁이하고 세운이는 못 오신대요."

등 뒤에서 진혁이와 세운이가 제가 하는 소리를 귀를 쫑긋 세우고 듣는 게 느껴졌습니다. 이럴 때 집에 갈 방법이 없다고 생각하면 참 막막하지요. 바깥에선 쏴아, 하는 소리와 함께 비가 계속 쏟아졌습니다.

"걱정 마세요. 선생님, 제가 애들 몇 태워서 차로 집까지 데려다줄게요."

"아, 다행이에요. 고맙습니다. 어머니."

뒤이어 도착한 엄마들 몇 분이 아이들을 더 태워주셨습니다.

"선생님, 저 갈게요."

"응. 조심해서 가고 내일 보자."

"선생님, 안녕히 계세요."

"선생님도 잘 가세요."

"그래. 안녕, 잘 가."

집으로 돌아간 아이들이 많아졌습니다. 교실에 남아 있는 아이들은 그만큼 줄어들었습니다. 하나둘 눈에 띄게 수가 줄어들더니, 나중엔 학교에서 집이 가장 먼 아이들만 남게 됐습니다. 집에서 오시기로 한 시각보다 늦어지는 아이도 있고, 아예 연락이 안 돼서 아무도 안 오시는 아이도 있고, 사정이 있다고 늦게 오신다고 한 아이도 있었지요.

"김 선생, 1학년도 집에 안 간 애들 여럿이지?"

옆반 선생님이 교실로 달려오셨습니다.

"네. 아직 못 간 애들 있어요. 다섯 명이요."

아이들 다섯이 옹기종기 모여 앉아서 칠교놀이를 하다가 저를 빤히 쳐다보았습니다. 아이들은 겉으로는 아무렇지 않은 척하고 있지만, 사실은 부모님이 언제 데리러 오시나, 하고 애타게 기다리고 있다는 게 느껴졌습니다. 하긴 누군들 안 그럴까요.

"안 되겠어. 비 더 많이 온대. 우리가 애들 데려다줘야겠어."

"직접이요?"

"그럼, 직접이지. 교장 선생님이 그렇게 해도 된대."

"어, 그럼 너무 다행이에요."

정말 다행이었습니다. 아이들이 집에 들어가는 걸 볼 수 있으면 한결 더 마음이 놓이지요.

"얘들아, 우리 집에 갈 수 있게 됐어. 얼른 차에 타자."

"누구 차요?"

"선생님은 차 없잖아요."

"선생님은 차가 없어서 유치원 선생님이랑 우리 옆 반 선생님 차 타기로 했어. 그 차로 데려다줄게. 선생님은 잘 모르니까, 너희

232

들이 어디 사는지 정확하게 알려줘야 돼."

"네."

아이들은 가방을 들고 하나둘 유치원 선생님과 옆 반 선생님 차로 나눠 탔습니다. 다른 학년 아이들도 여럿 있었습니다. 평소 같으면 한참을 떠들어댈 아이들이지만, 집에 갈 일이 걱정되고 낯선 차에 타고 있다는 사실이 어색하고 쑥스러웠는지, 조용했습니다.

"너희들 왜 이리 조용해?"

물었지만, 아이들은 입이 쏙 들어간 채 얌전히 창밖만 내다보고 있었습니다. 비는 주룩주룩 내리고, 작은 차엔 아이들이 다닥다닥 붙어 있었습니다. 아이들은 다들 어서 내려주기만을 기다리고 있었지요.

"여기 맞아?"

"네, 맞아요."

집 근처에 도착하면 아이들 얼굴에 안도감이 스쳤습니다. 한 명, 두 명, 아이들을 내려주었습니다.

마지막은 학교에서 가장 멀리 사는 지호였습니다.

"이제 지호만 내려주면 되겠네."

"네, 그러네요. 지호야, 여기 맞지?"

"…."

대답이 없었습니다. 뒤를 돌아보니, 지호는 눈을 꼭 감고 잠이 들어 있었습니다.

"어머, 선생님, 애 잠들었어요. 하하."

웃음이 절로 나왔습니다. 비가 쏟아지는 속에서도 태평하게 잠이 든 걸 보니, 정말로 1학년 맞구나 싶었습니다.

"지호야, 다 왔어. 얼른 일어나. 집에 가야지."

흔들어 깨웠더니, 그제야 일어났습니다.

"어, 다 왔어요?"

지호는 창밖을 내다보고는 눈을 비볐습니다.

"응."

"애들 다 갔어요?"

"그래. 다 갔어. 이제 너만 집에 가면 돼."

"아, 네, 감사합니다."

지호는 후다닥 뛰어서 집으로 쏙 들어갔습니다.

"와, 애들 다 갔으니까, 미션 클리어네."

"그러네요. 오늘 미션 클리어네요. 하하."

옆반 선생님과 기분 좋게 학교로 돌아왔습니다. 정작 제가 집까지 갈 일은 걱정이 태산이었지만, 어린이들이 집에 잘 갔다는 사실에는 오히려 기분이 좋았지요.

"선생님, 먼 길 오셔서 아이들 직접 데려다주셨다고 들었습니다. 감사합니다. 직장이 늦게 끝나서 아이가 혼자 비 맞고 올까 봐 걱정이었거든요. 너무너무 고맙습니다."

학부모님들의 문자도 여러 통 받았고요. 그만하면 미션 성공이었지요.

엄마는 어디 갔어요?

"선생님, 무슨 일이에요?"

1학년 선생님이 사색이 된 얼굴로 복도를 급히 달려가고 있었습니다.

"무슨 일이래?" 하고 물어보니, 아이들이 심드렁한 표정으로 답했습니다.

"찬웅이요."

아이들 말에 아아, 소리가 입에서 저절로 흘러나왔습니다.

'오늘도 시작됐구나.'

조용히 교실 문을 닫고 들어왔습니다.

보나 마나 찬웅이가 아이들 신발을 몰래 숨겼든가, 아니면 칠판에 낙서했든가, 그도 아니면 아직 안 왔든가 했을 겁니다. 저도 모르게 찬웅이가 우리 반이었으면 나도 매일 저렇게 복도를 달렸겠구나, 생각했습니다.

1학년 찬웅이는 학교에서 유명한 아이였습니다. 수업하다가 말고 도중에 사라지기, 점심 먹다 말고 맛없다고 숟가락 던지기, 친구들이랑 잡기놀이 하다가 잡혔다고 발을 동동 구르면서 바닥에 주저앉아 울기 같은 일을 예사로 해서 선생님을 애먹이곤 했어요. 1학년이어서 그렇다고 백번 이해하려고 해도 이런 일이 자주 벌어지면 친구들조차 옆에 가는 걸 꺼리기 마련입니다. 그러면 또 친구들이 안 놀아준다고 발을 구르면서 울어댔죠.

찬웅이는 심지어 동네에서도 유명하다고 했습니다. 한 번은 뒷집 외양간에 얌전히 매어 있는 소를 풀어준답시고 외양간 문을 열었다가 난리가 나기도 했다더라고요.

"왜 그런 짓을 했는데?" 하고 물어보니까, "소가 갇혀 있으니까 갑갑할 것 같았어요"라고 대답했다는 찬웅이었습니다.

어찌 보면 의젓한 것도 같고, 학교에서 발 구르면서 울 때 보면 어린애 같기도 했습니다. 다섯 살 먹은 여동생도 있다는데, 그 속을 도대체가 알 수 없는 아이였습니다.

"오늘 찬웅이가…."

"글쎄, 찬웅이가⋯."

그 반 담임 선생님 입에서 매일 쉴 새 없이 흘러나오는 온갖 말썽과 장난 이야기를 듣다 보면 저도 덩달아 고개가 절레절레 저어지곤 했지요. 그나마 다행인 것은 악의를 품고 못된 짓을 하는 게 아니라는 것 정도였을까요.

그러던 어느 날이었습니다. 말썽꾸러기 찬웅이에게 진짜로 일이 벌어지고 말았습니다.

"어떻게 해, 세상에⋯."

모두가 할 말을 잃었습니다. 찬웅이네 어머니가 돌아가셨다는 겁니다. 지난 밤 집에 오는 길에 교통사고로 갑자기 말이지요. 난데없는 안타까운 소식에 학교 직원들은 물론이고 학부모들도 충격이 컸습니다.

학교가 작아서 아이들 한 명 한 명이 모두 가족 같았습니다. 그 안에서 마주친 갑작스러운 죽음은 남의 것이 아닌, 우리의 것이었습니다.

늦은 밤, 혼자 장례식장을 찾아갔습니다. 다른 직원들은 낮에 다 다녀간 다음이었습니다. 도시 외곽에 있는 작은 장례식장이었습니다. 장례식장에는 을씨년스러운 분위기가 감돌고, 찬바람마저 휑하니 불어왔습니다. 안 그래도 날씨가 쌀쌀해진 데다가 사람이 없어서인지 빈소는 썰렁하기만 했습니다.

어른들은 어디 갔는지 상복을 입은 찬웅이가 빈소를 지키고 있었습니다. 엄마의 영정 사진 앞에 멍하니 앉은 찬웅이, 그리고 그 뒤로 바닥에 드러누워 자고 있는 찬웅이의 어린 동생이 눈에 들어왔습니다.

"안녕하세요."

찬웅이가 꾸벅 인사를 하는데, 순간 할 말이 생각나지 않았습니다. 엄마를 잃은 여덟 살 아이를 위로하는 말은 제 머릿속 사전에 없었기 때문입니다.

잠깐 새 제 앞에 작은 그릇들이 하나둘 놓였습니다. 누가 시키지도 않았는데 찬웅이가 반찬을 날라다 주고, 밥을 가져다주고, 제 앞에 보란 듯이 육개장 그릇을 놓아준 것이었습니다. 학교에서 보던 찬웅이는 그렇게나 까불까불 장난꾸러기였는데, 장례식장에서 상주가 된 찬웅이는 또 그렇게나 의젓할 수 없었습니다. 딱 맞지 않고 헐렁한 상복을 입고 몇 번이고 그릇을 나르던 찬웅이, 그 모습이 어찌나 짠하던지요.

"오빠, 엄마 어디 갔어?"

다섯 살 먹은 동생이 일어나 물었습니다. 그 순간, 너무나 의젓하게 찬웅이가 동생의 이마 위로 흘러내린 머리카락을 정돈해주면서 말하더군요.

"… 엄마 없어."

"왜? 엄마 어디 갔는데?"

어느 책에선가 인간은 적어도 열세 살은 돼야 죽음을 이해한다고 한 걸 읽은 적이 있습니다. 찬웅이는 이제 여덟 살, 아직 죽음을 모르는 나이였습니다. 순간 저도 모르게 찬웅이를 빤히 바라보았습니다.

찬웅이 입에선 짧고 간결한 세 글자가 흘러나왔습니다.

"죽었어."

"… 죽는 게 뭔데?"

"하늘나라 가는 거야."

"그러니까 그게 뭔데?"

"…."

그러니까 그게 뭔데, 라는 말에 찬웅이는 더 대답하지 않았습니다. 저를 힐끗 보았던 것도 같고 아닌 것도 같습니다.

"그래서 엄마는 언제 와?"

동생이 다시 묻자 찬웅이는 "엄마 안 와"라고 짧게 답하고는 일어나서 다시 그릇을 가지러 갔습니다. 순간 저도 모르게 눈물이 났습니다. 그 모습이 어찌나 안쓰럽고 불쌍하던지요.

장례식이 끝나고 찬웅이는 학교에 오다 말다 하더니, 나중엔 아예 돌아오지 않았습니다. 다른 곳으로 멀리 이사 가서 학교도 옮겼습니다. 아이들이 엄마가 생각나지 않는 곳으로 가야 한다는 아빠 의견에 따랐다더라고요.

그러고 보면 죽음은 언제나 우리 곁에 있는 것 같습니다. 죽음은 사람을 따지거나 사정을 봐주지도 않지요. 그것이 때론 여덟 살짜리 마냥 행복한 꼬마여도 그렇습니다. 누군가는 너무 일찍 죽음을 알아버리기도 하는 것이죠. 찬웅이는 아마 지금쯤 엄마를 많이 잊었을 겁니다. 망각은 신의 선물이니까요.

12월생이면 어때

저는 10월생입니다. 여섯 살에 학교에 처음 갔다가 부적응으로 한 학기 만에 학교를 그만뒀지요. 다음 해에 다시 학교에 갔는데, 그때도 일곱 살이었어요. 일곱 살에 10월생이니, 다른 친구들보다 2년은 늦은 셈이었습니다. 키도 작고, 덩치도 작고, 달리기도 못하고 싸움도 못 했습니다. 중학교 졸업할 때까지 전교에서 다섯 손가락 안에 들 만큼 키가 작았습니다. 대학교 졸업할 때까지 주민등록번호 앞자리 수가 저보다 늦은 친구를 본 적이 없습니다.

초등학교 교사였던 아버지는 저에게 별다른 이유를 설명해준 석이 없습니다. 아버지는 너무나 엄하고 부서워서 학교에서도 "아빠"라고 부르면 야단하실 정도였습니다. 다른 애들처럼 "선생님"이라고 부르라고 말입니다. 그런 아버지가 무서워서 차마 입 밖으로 꺼내진 못했지만, 속으로 학교에 일찍 들어간 게 정말이지 싫다, 생각하곤 했습니다. 가끔은 "넌 한 살 어리니까 언니라고 불러" 하면서 집요하게 괴롭히는 친구들도 있었고, "넌 땅꼬마야. 키가 작잖아"라고 놀리는 친구들도 있었거든요. 그 불만과 원망은 늘 아버지에게 향하곤 했지요.

그래서일까요. 말콤 글래드웰이 쓴 책에서 1월생이 학습 능력이 또래보다 뛰어나고 학업성취도도 좋다는 글을 읽었을 땐, 그래, 내가 아이를 낳는다면, 그 아이 생일이 늦다면, 아무리 글자를 잘 읽어도 꼭 아홉 살에 학교에 보내야지, 생각을 굳혔습니다.

둘째 유진이는 그 생각을 흔들기라도 하듯 12월에 태어났습니다. 조금 더 늦게 태어났으면 1월생이 되었을 텐데, 12월생이라는 게 못내 아쉬웠습니다. 유진이도 어렸을 때의 저랑 똑같이 어린이집과 유치원에 다니는 내내 반에서 가장 작았습니다. 유진이는 코피도 자주 나서, 자다가 베개가 피에 흠뻑 젖는 날도 있었습니다. 지적으로는 다른 친구들이랑 비슷할지 몰라도 신체적으로는 확실히 작고, 엄마 눈에는 더 야위어 보이고 그랬지요.

'거 봐, 역시 1월생이 나아. 12월생은 학교에 늦게 가는 게 나아.'

저는 한 해 기다렸다가 다음 해에 학교에 가는 걸 고민했지만,

남편은 생각이 달랐습니다.

"괜찮아. 왜 당신은 유진이가 못 할 거라고 생각해? 얼마든지 잘할 거야. 걱정 말고 제 나이에 보내자."

한참을 이야기하고 또 이야기했지만, 남편의 생각은 확고했습니다. 결국 유진이는 제 나이에 학교를 가게 됐습니다.

유진이는 저처럼 반에서 가장 키가 작았고, 덩치도 조그만 아이였습니다. 입학식에 온 다른 친구들이 유진이보다 머리 하나만큼 키가 큰 걸 봤을 땐 속이 상했습니다. 한 해 기다렸다가 보내면 유진이가 오히려 가장 클 텐데, 하는 생각도 들었고요.

그러던 어느 날이었습니다. 유진이가 많이 아팠습니다. 열이 많이 나서 밤새 앓았습니다. 아침에 눈을 뜨자마자 병원에 데려갔습니다. 장염으로 열이 나면서 토하고 아픈 다음이라 그런지 아이가 그날따라 힘이 없고 축 처져 있었습니다.

"유진아, 오늘은 학교 가지 말고 하루 쉴까?" 하고 물었더니, "아니야. 오늘 선생님이 재미있는 거 한다고 했어. 약 먹고 학교 갈래"라고 하더군요.

1학년에게 학교는 재미있고 행복하고 신나는 곳입니다. 잘 알기에, 몇 번 타일러 보다가 유진이가 원하는 대로 학교에 보내기로 했습니다.

유진이가 다니던 학교는 시골에 있는 오래된 학교라 학생 수는 적은데 운동장이 아주 크고 넓었습니다. 교문 앞에서 내려줬더니, 몸만큼이나 커다란 가방을 메고, 신발주머니를 들고 터덜터덜 걸어가더군요. 아픈 아이의 뒷모습을 보는데, 언젠가의 제가 생각나서였을까요. 그 모습이 너무나 짠하고, 안타까웠습니다.

가만히 지켜보고 있는데, 유진이가 가다가 생각났다는 듯 돌아보고는 손을 번쩍 들어서 몇 번 흔들어줬습니다. 그러고는 또 뒤돌아서서 가더군요. 신나서 뛰어놀 때의 아이는 뒷모습이 당당하고 힘차지만, 아플 때의 아이는 유난히 등이 작아 보입니다.

왠지 평소보다 더 작아 보이는 유진이의 뒷모습을 한참 바라보다가 문득, 제 입에서 아아, 하는 소리가 흘러나왔습니다. 어릴 때 교사였던 아버지가 왜 저를 학교에 일찍 보냈는지, 그 이유를 문득 알겠더라고요.

아버지는 어린 제가 학교에서 많이 힘들고, 또 때로는 사무치게 외로울 거라는 걸 분명히 아셨을 겁니다. 아버지도 초등학교 교사였으니까요. 하지만 아버지는 아버지의 어린 딸을 믿으셨던 겁니다. 잘 해줄 거다, 잘 해낼 거다, 아버지도 저처럼 몇 번이고 되뇌면서 학교에 보내셨을 겁니다. 지금의 제가 그런 것처럼.

눈물이 핑 돌았습니다.

"아, 그래서… 그랬구나… 그랬구나….".

혼자 몇 번이고 중얼거리다가 돌아섰습니다. 부모의 마음은 나중에 부모가 돼서야 깨닫습니다. 정말 그렇습니다.

과장법

"선생님, 선생님."

아침에 교실에 들어서는 저를 보면 항상 아이들이 쪼르르 달려왔습니다.

"선생님, 왜 인제 와요?"

"맞아요. 엄청 기다렸잖아요."

뭐, 아이들 말로는 엄청 기다렸다고는 해도 아마도 십분 남짓이었을 거라고 생각했습니다.

"아이고, 많이 기다렸어? 선생님이 늦어서 미안해."

그래도 쏙 이렇게 말해줘야 합니다. 그래야 아이들이 안 속상해하고 와서 무슨 이야기든 해주거든요.

"아무튼 선생님 되게 많이 기다렸어요."

"왜, 또 무슨 일인데."

호들갑 떠는 아이들을 가라앉히느라 고개를 부드럽게 끄덕여주었습니다.

"선생님, 우리 오늘도 재밌는 거 해요."

아이들은 어제 급식 먹으러 가기 전에 줄서 있을 때 저랑 게임했던 걸 말하는 거였습니다. 어제 했던 놀이는 '참참참'이었습니다. 저랑 '참참참'을 해서 이기면 원래 서던 줄에 그대로 남아 있고, 지면 맨 뒤로 가는 놀이였지요. 물론 억울하다는 둥, 자기는 잘했다는 둥 우기는 소리도 많았지만, 아이들에겐 새롭고 신나는 경험이었던 모양이었습니다.

"그럼 참참참을 또 하자고?"

"네. 저 어제 집에서 연습했어요. 오늘은 잘할 자신 있어요."

호기롭게 대답하는 아이도 있었습니다.

"집에서 연습했다고?"

"네. 어제 저녁 내내 연습했어요. 오늘은 제가 꼭 이길 거예요."

흐으음, 집에서 받아쓰기 연습해 오라고 할 때는 안 하면서 '참참참'은 연습하는 건 또 뭘까요.

"그래. 그럼 이따가 점심 먹으러 갈 때 또 해보자."

"와아아아!"

그날은 종일 아이들이 "참참참" 하는 소리로 교실이 시끄러웠습니다.

"자, 이제 점심 먹으러 가야 하니까, 교실 뒤에서 줄을 서보자."

아이들이 번호대로 줄을 반듯하게 섰습니다. 처음엔 삐뚤빼뚤 줄에서 삐져나오던 아이들이 이젠 제법 반듯하게 줄을 잘 섰습니다. 그새 아이들도 자란 것이지요.

"줄 잘 섰으니까, 이제 뭘 해야 할까?"

고개를 저으면서 물었지요.

"참참참이요!"

아이들이 기다렸다는 듯 소리를 빽 질렀습니다.

"좋아. 그럼 맨 앞부터 간다. 참참참!"

"아, 졌다."

이럼 맨 뒤로 가는 것이죠.

"다시 참참참!"

"앗싸, 난 이겼다."

이기면 제자리에 남고요. 자기 순서가 아니지만, 다른 아이들이 저랑 게임하는 걸 바라보는 아이들 얼굴은 진지하면서도 너무 좋아 어쩔 줄 모르는 표정이었습니다.

"참참참!"

"아, 나 맨 뒤야."

"빨리 와. 너 내 뒤야."

이렇게 돌고 돌고 돌아서 맨 끝까지 갔지요. 그러다 보니 벌써 밥을 먹는 시간이 됐습니다.

"좋아. 이제 밥 먹으러 가자."

한껏 떠들어댄 다음이니 아이들도 저도 밥이 참 맛있었습니다.

"차렷, 인사!"

꼬마 선생님 목소리에 아이들이 교실이 떠나가게 노래를 불렀습니다.

"안녕, 안녕, 우리 모두 안녕, 헤어지기 전에 안아주세요. 우리 모두 안녕."

이건 우리 반이 집에 갈 때 부르는 노래였습니다. 아이들이 직접 노랫말을 붙이고, 매일 집에 가기 전에 불렀던 노래였습니다.

"선생님, 오늘 너무 재밌었어요."

저한테 달라붙어서 수줍게 고개를 비벼대는 아이가 있었습니다. 우리 반에서 가장 조용하고 말수 없는 예빈이었습니다.

"재밌었어?"

"네. 아까 참참참할 때 진짜 재밌었어요."

"맞아요. 선생님, 우리 매일 해요."

"매일 해?"

"네. 엄청 재밌고 오늘 행복했어요."

"맞아요. 선생님, 저는 학교 오는 게 행복해요."

"어머, 세상에, 너희들이 그렇게 말해주니까 선생님도 행복하다. 고마워."

"선생님, 사랑해요."

"저도 사랑해요."

"선생님, 사랑해요."

아이들이 우르르 몰려들어서 저를 꼭 안아주었지요. 돌아보면 그 시절 아이들이 주었던 사랑은 참으로 순수하고 귀한 것이었습니다. 그 마음 안에는 아무런 대가를 바라지 않는 고마움과 다정함만 가득했으니까요.

그날 아이들이 썰물처럼 빠져나간 교실에서 혼자 많이 웃었습니다. 1학년의 세계는 과장법의 세상이라고 해도 틀린 말이 아니에요. 조금 웃어도 많이 행복하고, 살짝 재밌어도 아주 많이 즐거웠다고 해주는 게 1학년 아이들이거든요. 우리 어른들도 1학년 아이들의 과장법처럼 세상을 살면 얼마나 좋을까요. 그럼 우리도 아이들처럼 많이 웃고, 많이 행복할 텐데요.